AF493092

C-r-lv- *

Prólogo: *"No existe en este documento el primer símbolo (impreso) del conjunto de tonos: e, i, o, u, su sitio es sustituido por el universo de nuevos símbolos y tonos que todos debemos construir... es nuestro deber enriquecer el universo del sonido y el verbo".*

S S 22OCT016

*Elohimfinito: Cés-r -lberto R-mírez -lv-reng-
C-r-lv-

Edicto: rerum et novus

Nosotros cómplices del futuro, sin otro destino que lo nuevo, novedoso y rebelde, sin el menor testimonio de terror, con el violento y vigoroso elemento del Rerum et novus, con el insólito resumen de un contenido logro emotivo, hemos impuesto en nuestro ser interno un "Lotus Homo Progresium", un hecho místico, un rumbo con visión de nuevo ciclo. Nosotros versus opresión de mil ciclos oscuros, pretendemos construir lo nuevo, este esfuerzo insiste en un firme y furioso viento ígneo que en filoso empeño, concluye en el vértigo sin fin del Tercer Milenio, con el porte encendido de un suelto e independiente movimiento en presente, como punto de inicio-fin con sello propio y profético.

Sin pretérito.

¡Huid demonios viejos!.

Los coléricos o vetustos tomos de un conecte en desuso, no los oiremos en presente, éste génesis íntimo, no desconoce el riesgo de desunión por romper el "prehoy", no olvidemos que el símbolo ibérico es nuestro, que ese concilio de símbolos, es preciso y un elogio del futuro: ¡nuestro futuro!.

Voz pipil con ostento ibérico, sonido de voz indo ibérico que es un rugido interno.

Hoy, en presente, el inquieto temor es derruido por un nuevo sol, este esfuerzo, este hombre o mujer, este lector, posee el don de un sitio nuevo "modelo de universo", este juicioso ciclo de bullicio entonces pretende ser vuestro.

Romperemos el silencio pretérito, con un seguimiento legítimo e inteligente, de nuestro lector sin necio prehoy, existen miles con estos nuestros sueños, somos "poder de edición" en nuestro ser interno, somos "hoy", somos futuro, el sello de estirpe en regocijo de un Tercer Milenio.

Tres mil ciclos, tres mil voces en conjunto, tres mil millones de esfuerzos en gozo, regocijo en retiro del pretérito oscuro. Tú eres el despierto cíclope noble y fiel de Homero; en ese nuestro pueblo, somos como el sustento y fomento de textos nuevos, rebeldes e históricos, tú eres el brío nutritivo de Ollim Yolliztly de nuestros precursores, tú eres un consuelo de pronósticos, el contorno próximo de Tule, el sitio-pueblo de nuestros Tutores-Genéticos, centro de orgullo, en hijos prodigiosos de luz, herederos en estirpe de viejos milenios, herederos de voces con piel pipil y luego indo ibérico.

Duro es el sopor de lo conocido, pero el insurgente defiende como león su visión del mundo, ese es el leitmotiv in extenso de nuestro ser.

Vosotros seréis testigos entonces de este refulgente y devoto esfuerzo; somos Moisés en un desierto inhóspito, en un universo que se develó por nuestro decidido empeño y eso nos empujó en esto. No es necio, ni deleite burgués, no es un incorrecto vuelo desconocido y perdido, no, es un mínimo y codicioso empeño, que nuestro pueblo se merece hoy y por su futuro.

En un límite del Tercer Milenio, en ese reducto de símbolos, mi voz es de vosotros. Estoy en estudio con esmero, respiro por vosotros: decisión... y juntos, somos cumbres, sin vosotros, nuestro escudo impetuoso sólo es un dejo de voces sin oídos.

Somos Moisés, somos el signo nuevo, somos el resuelto brío que expone todo por un sitio sin precedente.

El futuro es nuevo, novedoso y rebelde.

Nosotros pretendemos serlo junto con vosotros.

No existe en este documento el primer símbolo del conjunto de tonos: e, i, o, u, su sitio es sustituido por el universo de nuevos símbolos y tonos que todos debemos construir... es nuestro deber enriquecer el universo del sonido y el verbo.

"...si lo queréis soy el testigo"[1]

"Queridos filósofos"

El olor de lejos, es ruido disperso de miles de hombres que hoy, en otro sitio, requieren de único símbolo que perdiste. ¿Dime?, de esto que sigue siendo un lustroso presente, por cierto, por qué es pequeño en mi fúnebre foso, y soy un reducto lírico, sí, pero ustedes son un fusil onírico; con todo y mi muerte en vuestro informes.

Estoy frente de mis verdugos, y oculto con mucho descuido mis risueños intensos de morirme previo juicio, por lo cómico de este hecho.

"escoger un seudónimo"

Esto es un breve cuento, es el oportuno segundo que te ubicó en mi destino, puede verte, puedo ver tu rostro que me persigue, muy próximo en el sendero de esos enormes seres medio tritones y medio terrestres, ellos escogieron mi olvido, en nombre de todos los obreros, je, je, je, puedo reírme de esto, es ridículo, como un chiste de sexo en el europeo hielo sueco.

"se supone histórico, es decir que no cede..."

Me oigo, como un perro en su noche estridente, con golpes en todo el pellejo, herido, un poco menos perro si le sumo el nexo histórico, pero me siento débil, impotente es lo preciso, un rumor de trópico irrumpe en mis pulmones, como otros perrunos momentos, ellos me dieron el contexto político, perdón... poético.

"...

muy bien.

Pero quien fundó el ejército fuiste tú.

¡Tú!"

Mis jesuíticos tutores, hicieron lo mismo, me pusieron en vértices de sitios de estudio, donde me vieron todos, pero ellos sin fusiles, sin odio, sin lo mítico, y por qué no decirlo, sin el sigilo de cometer un hecho heroico, sin el lujurioso hecho de ver un concilio entre mi muerte y lo que ellos dicen: Revolución.

"noche"

"¡Vete!"

---

[1] Refiero versos de Roque D. en su honor. Cito su espíritu, invoco su genio, del hombre que no tiene un sitio con flores el 2 de noviembre.

Olvidé decirte que estoy en medio de un bostezo inédito, en medio de un proyecto juvenil, riendo como lechuzo nocturno, un lechuzo insepulto, con sus dientes chelitos en el negro de un destino de comic, sí, un destino inédito de Dic Treicy.

Yo pido un brindis, con mil segmentos de cronopios esculpidos en rostros juveniles, donde los externos de los externos jesuíticos, nos reuniremos en un fogón del Don Pedro, como en el tremendo minuto de fin del torneo de BKB, donde los externos versus los Liceos entre gritos, pescozones, sexos muertos de miedo, dedos sin responso, sonidos femeninos exigidos por los rigurosos sudores irredentos e insolventes de los jóvenes rock, con sus simiescos ritmos, se enfrenten unos frente mil, con todo y su uniforme.

Y mi pulso es un temblor de poéticos recursos, dispuestos por un pequeño sitio sin crueles destinos, un sitio como el que tú y yo, descubrimos entre los bosques de pílsener, un reducto de Joyce, Borges y Otto René.

Dicen esto o lo otro, porque no me conocen, dicen de mí, un cosmos cómico, pero con mucho fervor sigo siendo Roque: ¡Ojo! protesto por que soy de eso, solo un poco… y el otro poco es vuestro.

Lo siniestro de morir en un sitio público, es que se inmiscuye el color verdoso de los póster de Bresnev y el muro, donde lo lindo lo hicieron en el reverso de su foto; en el momento que emergieron todos los hippies como zompopos del quinto mes.

Me dicen un edicto odioso y de termino, con el ronco rumor de mis propios fusiles de flores, donde me encuentro vivo sin sepulcro; es como un pequeño hipo, donde mi seño de griego, con sus jugosos short, nos descubre el génesis de Zeus, y yo, pienso en mi hipo, como si eso fuese un discurso de triunfo de los Personnel computer…

"Puerto Limón Corinto"

"los delfines"

"imperio de los dolores del loco"

"Lejos del mundo lejos"

"lejos"

"lejos",

Puedo ver por un resquicio de mi lujurioso fin en el preciso momento que los fusiles ejecutores de mi destino, destruyeron lo que otros quisieron puedo verles con un diminuto fuego previo de mi sueño de termino y puedo correr en este intenso silencio sobre un refugio profundo…mis libros.

"Nos proponen el futuro y nosotros nos
defendemos del futuro"

"Duérmete"

"hijo"

Mis libros, los que tienen voz, y repiten "Duérmete", "hijo", "Duérmete"…"Siento deseos de reír", porque yo les vi, y "En ese sentido si lo queréis soy el testigo".

"hoy que lo pienso bien me pongo un poco molesto"…

"como culito de un gorrión"…

Mi boleto se perdió en ese sitio sin nombre, fue un momento en que tú preferiste romper el póster del muro, pero el ritmo rock en tus murmullos te ubicó en el espectro de los que sufren.

Puesto que nos descubrimos en un momento, con que el lejos, que nos estrujó sin ningún estrépito previo, sin ningún rito, sin íntimo de voz tenue, sin eso, el "lejos" metió sus dedos entre nuestros besos, y ese lejos, fue entonces el hoy, un presente con sonido lento, de blues discordes con tu futuro y el mío.

No llores, no formes un coloquio tuyo, pero te lo pido, no llores.

Nuestro refugio de mínimos pósteres rock con pelo suelto, con el ritmo sin compromisos, sin ningún elemento que te condicione, fueron tuyos y míos, eso se muere, se pierde en tu video interno, se rompe como un verbo de reducto íntimo, de nuestro sonido en el tierno encuentro entre vos y yo.

Tus ojos con el humo impreso se fueron convirtiendo en pequeños rombos de recuerdos, los sonidos rock de nuestro pequeño sitio del reducto dormitorio, se fueron huyendo solos; en ese convenio de desorden sin nuestro permiso.

Nuestros discos, en un decisivo soborno de tiempo, oprimieron sus sonidos con deseos opuestos en ese difícil destino, pero su juicio, no fue preciso, el rock fue nuestro prisionero y se fue ciñendo entre vos y yo.

Mi interior se conmocionó de fotos de mutuo recuerdo, pequeños videos con el requisito de momentos vividos, segundo por segundo.

El bus fue un concilio de tiempos, me voy, sin lo que deseo, me voy sin ti, me voy sin tu confesión, pero te llevo en mi pecho, con ese dolor muy remoto, muy profundo, desde que te quise, desde siempre, un dolor muy querido.

Ese fue un contundente fin, sin que interviniésemos nosotros.

El mundo nos impone este equivoco filme, tonto, rudo y simple, es un mísero beso sin color, no nos dio tiempo ni pude escribirte el diseño de mi proyecto, ni mi reloj pudo suspender un solo minutos, se nos vino de pronto, mi universo de trenes-destinos.

Entonces el sonido rock como proyectil de un mínimo suspiro mutuo, como borde protección vivo, se prolongó sobre tus dedos en perfecto movimiento de sollozos.

Sí, nuestro vivido cuento, es un filme de pronósticos múltiples, donde vos y yo somos el mismo espejo en reflejo mutuo.

Ese sitio discreto que invoco en este momento, ese sitio tuyo y mío, que duele porque es oculto, ese es nuestro destino luminoso códice, es un lienzo impreso por nuestros rostros de futuro, que son brumosos, tristes pero muy nuestros.

Un boleto de metro, un boleto de tren ligero, es el signo del premonitorio "lejos" entre vos y yo, de vez en vez, sufro por todo, no por mí, sino por todo.

¿Ves?, hoy el destino nos descubrió en dos bordes muy remotos, tú con tus pósteres y lienzos del metrópolis sin uso, tu con tus lienzos de fotos de obreros, como Diego de México, si de México, que vio en su vientre este cuento.

Irónico orgullo del templo histórico, con sus símbolos ibéricos desde los edificios templos de oro, con un conducto de Pino que nos llevó directo donde viven serpientes durmientes.

Y tú siempre con el destino de México en tu bolso, en tus mínimos reductos de sentimientos de mujer que vive lejos.

Recuerdo tu primer lienzo y me lleno de sentimiento.

No te veo en futuro, no te veo conmigo y me siento muy infeliz, pero si regreso, quiero verte de nuevo, con tu porte de mujer que dice: ¡Sí!, sin condición de futuro, en eso que se esfumó en tus mínimos cofrecitos, en tu bolso de cuero.

México, dichoso sitio de color verde, rojo y del sol de Tule.

Pero en ese modelo sin recurso de sonido, sin centro pendiente de mis besos por ti, sin ese pobre origen de impulsos en crisis, te llevo en impetuoso y violento recuerdo, en mis bríos de señor del viento; y tengo un orgulloso porte en este fin diminuto, porque poseo un frecuente refugio en ti, que lo oprimo en mi pecho y me duele reconocerlo.

El ruido, el ritmo de los hombres que suelen beber, los niños que piden, el que cobró y selló, el perro perseguido por el hueso que robó, los horizontes en muros de vértigo, el futuro en tus símbolos y tu que tienes un inmenso sollozo.

Eso fue lo convenido ¿no?

Me despedí con todo el dolor en un puño, me deshice por dentro, los boletos se fueron de uno en otro, por ese sitio de cobros, volví sobre mis propios recuerdos, desde entonces vivo con tu foto en mi pecho, México.

Ese sitio, tiene en su vientre muchos silencios, tiene tu rostro, tiene el rito místico, de ser un Dios con voz de retorno y tú vives en ese sitio origen.

Después de todos somos el SUR y con tiempos decisivos en el momento histórico...

Los pósters que unen nuestros momentos y el sonido rock del Sur, me dicen que México vive en dos límites, vive por ti y por mi, porque ese boleto perdido en el sitio sin nombre, lo encontré en el lienzo del códice mexiquense de tus siglos perdidos, pero vos y yo, nos fuimos imprimiendo el uno en el otro, como si tuviésemos miedo de que el tiempo no

supiese que somos los dioses recurrentes, que somos posibles, que hemos vuelto y hoy

los códices viven en nuestros propios cuerpos.

Soy Del Gremio

En este sitio he reproducido muchos medidores, soy un obrero, me siento muy orgulloso de ello, y porque no decirlo, soy del gremio.

Los medidores son como relojes, tienen los mismos elementos que un reloj suizo, sólo que en estos los minutos se convierten en billetes, en litros/billetes.

Con estos mis dedos llenos de mugre formo pequeños mundos precisos, mis dedos se tiñen de color negro porque tengo que unir tubos con tornillos, círculos con hierros, pequeños rombos, soy como un microrelojero de líquido; estos medidores son un cosmos impreso entre fierros y resortes, piñones entre piñones, micromundos concretos; en veces me veo dentro, como un ser mínimo corrigiendo lo histórico desde un medidor-reloj.

El moho, el polvo y los oleosos menús lúbricos, se unen en universos esféricos melosos, éste es mi sitio productivo, vivo en medio de cilindros, tornillos, motores de 3 ó 4 tiempos, de vez en vez mi visión de obrero se funde con pistones enormes, se funde en un sueño de vértigo; en ese idilio procreo edificios medidores, metros medidores, rostros medidores, gremios medidores, todos medidores, medidores, medidores.

No siempre fui lo que soy, recuerdo mis ritmos nocturnos en el centro textil, los dobles turnos, los mínimos productivos, soy un doctor de motores, si los motores se detienen, entonces emerjo con mis fierros como médico de UCI (Unid, Cuid, Intes.); tengo mi estetoscopio, leo los electros, repongo sus signos, reviso los registros motoris-morten y como don Luis Edmundo doy los Dx (Pronósticos) con sólo oír un solo giro del motor; inspecciono pernos, mido fluidos, controlo sus electrólitos, y recuerdo los infinitos turnos vismingos (Viernes–S–Domingo) del centro hospitextil, en mi condición de Primer-Cirujo-Motor.

En ese centro de vestidos, el pelo de los querubines se recibe en bruto como en un desierto de ventiscos, luego les ponemos en centrífugos, con lo que volvemos finos hilos, el proceso sigue con los químicos, les imprimimos color y mueren en los equipos robot que reproducen hilos o cortes textiles.

El ruido en el rincón de los hileros es como un tren en movimiento de crucero, treck, trock, treck, trock, treck, trock, treck, trock, treck, trock, por siempre, y en él veo cómo un corte de vestido se une de hilo en hilo.

Los vecinos de los hileros son los robots, ellos componen solitos los conos, en este centro tenemos muchos equipos con esos inteligentes robots, son esquiroles y no tienen gremio, ¡Robot's pendejos!...

En el fondo del Centro Textil tenemos un cementerio de fierros, muchos cobres y desperdicios, todos con un sentido de desechos reproducibles en series.

En este sitio productivo, todos tenemos dos pieles, piel de color gris, piel de dril, que nos cubren todo, es un rito en el inicio del turno, es como un rezo del cuerpo, tenemos un uniforme dril que fue índigo, pero hoy es oscuro, muy oscuro.

Yo cuido de los medidores.

Hoy escucho por mi receptor los boleros; estoy muy contento puesto que mi mujer me dijo que pronto seremos tres, un hijo es lo mismo que un encuentro con el universo, vivo un poco dentro de "mijo", y mi viejo de seguro vive dentro de mí, esto es un suceso que no es medible por cobre o hierro, es un ser vivo, desde luego eso nos convierte desde hoy en sus tutores genéticos. Siento un enorme orgullo.

Los sonidos de este reducto productivo son monótonos, el torno, el compresor, los fierros con su ronco bolero en diversos tonos, el olor oleoso y el polvo que se detiene con tonos grises y negros, vivimos entre hierros retorcidos con óxidos que se vuelven como hongos, el óxido se extiende por todo, se mete entre nuestros cierres de trebejos, los equipos y los cierres, temo incluso que todos nos oxidemos por dentro, el moho se reproduce por sitios increíbles.

Mi uniforme obrero tiene múltiples bolsos, en uno tengo los instrumentos, en otros mis cómputos de medidores, son miles de ellos, todos vienen porque debemos reponerles pequeños defectos, esto no tiene un solo céntimo de poético, lo único que tienen es hierro, níquel, sellos de hules, círculos con dientes, niveles entre hélices flexibles y sobre todo, un sello de plomo, que impide supuestos delitos, ¡Porque existen siempre los vivos!, en fin, todo tiene el rostro de cobre en este sitio.

En este reducto productivo todo es lo mismo, un momento es lo mismo que miles de ciclos después, es un monótono reducto, puedo envejecer en esto, como todos los viejos obreros y esto sigue lo mismo.

El mundo tiene en el olvido sitios como éste, uno se siente como otro medidor con defecto, entre los miles de los miles, entre ese desierto de tornillos que escupen números, donde soy uno de ésos, ¿el mundo es como un medidor?, no lo creo, lo que sucede es que los medidores se divierten con nosotros en otro sentido, por ejemplo, nos miden el tiempo, el dinero, el número de hijos, el número de dientes, los viejos que somos, el féretro, los tenis, los uniformes: driles, índigos, grises o verdes, los buses, los libros, los gremios, los despidos y tenemos entre los ojos un sello en serie, como nuestro último momento de remiendo, donde el Eterno Medidor en el cielo tiene entre sus documentos, nuestros mejores números.

En el muro obrero, los del primer turno hicieron un símbolo sex-obrero enorme, el dibujo tiene 4 por 3 metros, y en el pie dice "esto es el gremio y queremos incremento de sueldo". Todos nos reímos como locos, menos los jefes por supuesto, quienes dieron orden de volverlo invisible... ¡de golpe!, el monumento-obrero fue destruido, pero luego, lueguito, veremos un resurrecto símbolo sex-gremio, y pediremos de nuevo incremento de sueldo, por supuesto en el muro pronto veremos un resurrecto monumento obrero, de 20 x 15 metros. Mejor que los monumentos de New York.

Muro Obrero

Hoy vuelvo de mi sitio-exilio y veo el muro de mi reducto productivo, ese muro es un periódico perfecto, un muro-obrero; los del gremio fuimos poniendo miles de fotos con mujeres, rótulos, nombres, textos prohibidos, símbolos de revolución y otros códices no reproducibles; todos los hombres tenemos miles de pósteres como en ése, solo que en nuestro cerebro; los muchos de videos son mujeres en posiciones que no tienen un solo símbolo religioso, ni modo, yo dibujé objetos sobre ese muro, porque siempre me veo dentro del muro, me veo en todo momento sobre tornos y compresores y desde lejos mi mente reproduce otros muros obreros.

He visto por mucho tiempo estos pósteres, en cierto modo les pongo y les quito movimiento, tenemos un muro de 100 mts lleno de pósteres y ese muro es un testigo mudo de nuestro mundo reducto-productivo, todos vemos el muro, le vemos con respeto puesto que esos postres nos devuelven por lo menos un estímulo de no ser objetos, porque metidos en este sitio uno sólo se ve como robot productivo.

Hoy he puesto en un hueco, un póster pequeñito, muy mínimo, es un vestigio religioso, el primero en este muro obsceno, es conmovedor ver ese diminuto impreso en medio de muchos dibujos grotescos.

El primer muro obrero del mundo.

Un momento en este sitio productivo es el mismo que otros miles de momentos previos, es lo mismo, siempre lo mismo, con sus mismos, movimientos, controles y descontroles, producción y reproducción.

Me he prometido ser suficiente; me he prometido ser el mejor; he visto miles de tornillos y metrónomos, soy un obrero en precisión de círculos, sé como un cilindro contienen en su eje un universo, he construido miles de miles de microuniversos con mi torno; reconozco un diferendo mínimo entre dos o tres revoluciones por minuto, tengo en mi mente los centímetros que existen entre un tornillo y otro, puedo poner entre ellos un equipo de béisbol ese es mi universo, un microuniverso que responde con sonidos del torno, él tiene tiempos y movimientos, éste es como un corcel; pero yo mido todo este universo en múltiples de 100, 32 ó de 16.

En este mundo obrero, otros tienen metros muy diferentes, pero todo tiene un referente, eso es lo mismo que miles de ciclos previos, todos nos medimos de un modo u otro.

El colegio de los niños es vecino de mi reducto-productivo, le dejo y me voy con todos mis sueños obreros, los trenes siempre emiten su silbo en precisión, trenes que vivieron en los sitios, donde hoy es el Reloj de Flores, trenes vertiginosos sobre durmientes de hierro y donde Luisito corre con otros niños, todo un mundo obrero vecino de un colegio hoy extinto.

Comienzo mi turno viendo el muro que contiene signos, nombres de héroes, símbolos de revolución, es que hoy vivimos entre muros con símbolos rebeldes uno dice 30 de julio, otro 10.01.81; otro 16.11. 89 y otro enorme 31.10.89; muchos nos sentimos vivos dentro de ese muro obrero.

Un duro destino he tenido que vivir y de noche pienso en mi futuro, pienso en Luisito y en los que vienen, tengo miedo por mis hijos, porque el jefe me dijo que hoy es mi último momento en este sitio-producción, creo que fue porque hicimos el gremio, ellos creen que somos subversivos; que con un triste cheque tendremos lo suficiente…si supiesen de nuestros sufrimientos…

Esto de ser despedido tiene un seco contenido que me devuelve un insólito nivel de desprotección, me siento solo, después de mucho tiempo, vuelvo como un perro sobre mi torno, enciendo el viejo dispositivo y produzco el mismo sonido lúgubre de siempre, ese sonido es nuestro código de producción tenemos que rendir.

El comité obrero se reunió hoy, dicen que debemos tener un "huelgón" que sólo con eso no seremos despedidos y que podremos tener mejor sueldo; es que en este puerto, como en otros centros obreros, lo dueños sólo con eso entienden, con "hechos", eso es el poder obrero y no quieren de otro modo. Nuestros pobres directivos corren de sitio en sitio, como si fuesen perritos sumisos pero los consejos no son suficientes, los dueños nos tienen severo desprecio, dicen que somos subversivos porque queremos incremento de sueldo.

Hoy el puerto se detuvo, el silencio reinó por todos los rumbos y miles de hombres de civil y otros con uniforme pero con fusiles, rodeó todo el centro productivo, con esos nos quieren ver sumisos, el comité dice que seguiremos firmes, que podemos seguir con el huelgón; queremos incremento de sueldos, sin despidos y punto.

Nuestros líderes dicen que debemos resistir, todos decimos lo mismo, excepto unos que son esquiroles, pero ni modo, no todos somos idénticos.

El muro sigue con sus colores grises y rojos, con su visión de sonidos en nuestros cerebros, sus símbolos los oímos y les vemos dentro de nosotros. El muro contiene un mundo obrero por supuesto, es feo, no tiene los cosméticos de los pósteres rock, ni el rush de los videos gringos, pero nosotros le vemos bien, sobre todo un letrero que dice en su centro: "Obrero: tu deber es el poder", ése es el mejor, pero en su pie, tiene múltiples letreros que le responden con dichos no reproducibles, ni modo creo que este muro es como es el pueblo, todos escriben lo que quieren; este muro es el primer muro del mundo, por supuesto que mejor que el de Berlín o el de Pink Floyd, si porque es nuestro muro obrero.

Después de todo, el pequeño póster que puse en el muro obrero, fue el del obrero José de Belén, no porque me este volviendo creyendo, sino porque después de todo, los obreros producimos objetos y muchos sueños por un mundo mejor, por lo menos el hijo de ese obrero, nos dio un sueño enorme. Yo estoy despedido, pero el gremio nos defiende de eso y nos hemos unido en un huelgón que se oye por todos los rumbos del puerto; el muro obrero se vuelve un enorme periódico y en él ponemos todo lo que sentimos.

Hoy los dueños nos dijeron que sí, incremento sí despidos no, y el gremio celebro el éxito. Y volvimos sobre nuestros tornos, y yo sigo viendo el muro obrero, con el diminuto póster religioso de un obrero de nombre José.

Turno Nocturno

Con mi viejo recorremos el entorno de este sitio constructor de instrumentos de cultivos, estos equipos tienen que reconstruirse con nuestros propios dedos pipiles, porque vienen como puzzles de hierro, por eso en este sitio vemos miles de huesos de hierro dispersos y mi viejo une un hueso con otro, les une de uno en uno, con tornillos y broches que en conjunto tienen un cuerpo de instrumentos de cultivos.

Estos instrumentos producen huertos colectivos inmensos, el perfil de los terrenos se rompe con estos vigorosos coches de cultivos extensos. Mi viejo ve los croquis y lee los signos en inglés de esos coches de cultivos, le veo subirse en ese corcel de cultivos uniendo cuerpos y cilindros, distribuidores y tubos oleosos en el seno de estos equipos de importe gringo.

Este es un turno nocturno, el sitio es un desierto de hierro, los esqueletos de níquel, cobre y sus series de motores son nuestros vecinos en este turno, el contorno es muy extenso, yo recorro como niño curioso todo el reducto-constructivo, el olor de este terreno es como de heno, los bombillos de neón tiene un tono monótono; el silencio es muy lento y se nos une con pequeños ecos en crujidos de hierro, veo como en un sueño eso: mi viejo uniendo trozos de esos instrumentos de cultivo.

Me siento y observo como los esqueletos de hierro dirigidos por mi diestro tutor genético, obedecen y se convierten en potros de cultivo, es increíble como un hombre puede con sus dedos ser un pequeño dios, el cuerpo de los equipos de poco en poco, tiene el mismo rostro que los modelos completos porque ese es el producto-fin del turno nocturno, construir esos coches de cultivo colectivos.

El sueño me consume y me tiendo en el piso, desde ese horizonte veo un enorme grillo verde, doy un tremendo brinco de susto, mi viejo se ríe de mi terror, pero el monstruo no lo es desde mi posición de pie, de nuevo me tiendo y le veo, tiene helitrones verdes, es muy bonito, no se mueve de su posición, entonces distingo todo el rostro de ese grillo que tiene tres puntos rojos en su frente; desde el nivel de mis ojos le veo como un poderoso helicóptero y entonces me veo sobre él en un vuelo sin fin.

Voy sobre ese grillo verde y conquisto miles de territorios enemigos, soy el jefe-legión de otros millones de jinetes en sus grillos, que después de fieros encuentros venceremos el reino de los hombres cíclopes.

El sonido de nuestros grillos en vuelo es como un viento en eclosión de neutrones, el zumbido es ensordecedor, soy su líder, doy un giro como un pequeño cortejo en círculos y círculos, millones de millones de hombres en sus grillos me siguen, nuestros grillos se vuelven un horizonte verde, el cielo se oscurece con nuestro vuelo, es que sobre estos seres podemos ir de mundo en mundo construyendo imperios sónicos, imperios de dimensiones diferentes en tiempos múltiples y yo soy un niño sobre un grillo líder.

Pero mi ilusión tiene su fin en el momento en que un ruido de hierro rompe el silencio, es mi viejo construyendo el milésimo equipo de cultivo, veo como mi viejo construye esos dedos de suelo, veo sus instrumentos de precisión y como decide el rumbo de su reconstrucción en un segundo, solos en este sitio, tenemos el convivio nocturno con un grillo verde.

El sueño me consume, suelto el grillito que decide seguir con nosotros, le dejo visiblemente sobre el níquel níveo de esos coches de pisos, mi viejo me dice que le lleve uno que otro instrumento, este es un penumbroso reino de espejos oscuros, reino que tiene diversos rostros múltiples, en los que veo emerger los hombres cíclopes y por eso regreso pronto por mi sitio de origen.

Mi viejo me dice que listo, que terminó lo mínimo, que en otro turno seguiremos.

Estoy listo y mi viejo me pone un suéter grueso, él se dispone con prontitud con su sobretodo, porque llueve en el exterior.

Mi viejo vio de reojo sobre un rincón donde estuvimos y me indicó un punto, yo vi, en ese punto, los restos de un grillo que fue comprimido por un hierro en el momento de un giro brusco, yo le destruí sin quererlo…Es muy breve el destino y muy extenso el futuro porque sin quererlo destruimos nuestros sueños.

Llueve con lo intenso de un trópico violento, llueve y el lodo consume el cintillo de petróleo que es un privilegio de pocos en nuestro pueblo, el bus nos dejó muy lejos de donde siempre, porque un torrente de lodo nos impide seguir, mi viejo se dispone con todo por seguir, entonces sobre sus hombros de hombres fuerte, me conduce sobre un río líquido, subimos un trecho pendiente, es como si repitiese el encuentro versus los hombres cíclopes de mis videos internos, los vientos siguen vertiginosos, y mi viejo me protege del lodo y del frió externo, su voz repite uno que otro consejo, y yo le oigo entre espejos y reductos míticos, le oigo en dimensiones múltiples me siento como un guerrero de nuevo y voy sobre un grillo líder, con mis legiones de guerreros confundo dimensiones y este débil mundo no detiene mis sueños, pero es breve ese encuentro con otros mundos vecinos, porque hemos por fin concluido en nuestro sitio-reposo.

El coloquio con mis tutores genéticos que me quieren, es sobre si tengo frió, le dijo que no y me dispongo con todo por el encuentro con mi propio sueño íntimo, en un tiempo de minutos veré de nuevo el sol.

En mi lecho de niño, los sueños se confunden de nuevo con los tonos grises y oscuros del muro próximo, sonidos internos y externos se unen en el momento en que el sueño tiene su límite, entre el dormir y el ser consciente; en lo lejos escucho los sonidos del Príncipe Igor, como si Borodin condujese otros ejércitos de helitrones verdes y juntos vencemos otros miles de imperios, en esos reposos, en eso no distingo entre el hoy y un remoto tiempo de sueños de niño.

Todo sucede en un turno nocturno, donde mi viejo se confunde entre hierros y coches de pisos con signos en inglés y croquis de fierro, con signos obreros por unos pesos por premio, por un "sobresuelo", después de todo legítimo.

Confesión (16.11.89)

De niño mi mundo fue ibérico.

Un mundo europeo, diferente en todo lo que percibo en este microterritorio, uno, de vez en vez, puede presentir el futuro, en sus propios sueños, como si el destino no existiese, como si solo viviésemos en presente perfecto, en un tiempo que se impone construir, siempre construir.

Mi deseo es consciente, es un intenso producto de fe.

En mi mundo de niño soñé con otro continente, un sitio mítico donde los cerros tienen su vientre en el interior de los hombres, donde el cielo se confunde con multitudes de gorriones, donde existen verdes impresos en prodigiosos montes, ríos emergentes de pisos precolombinos, bosques que viven sobre senderos líquidos, milenios de vestigios indoibéricos por doquier, piel de hombres y mujeres que se funden con los horizontes de cultivos muchos de esos hombres y mujeres poseen el don de ver su futuro. Nosotros hemos sido misioneros de otro mundo.

En momentos como éste, pienso en Monseñor Romero, pienso en él como un hombre de fe, en su destino-proyecto, su opción-testimonio, ¿y qué puedo decir que otros no dijesen mucho mejor?.

Pienso en él y en los sucesos de su muerte. Pienso en él, sin el menor signo de odio por sus verdugos, pienso en él como un ejemplo, como signo de millones.

Mis recuerdos se pierden entre los brumosos sucesos de siglos y es lo mismo hoy que milenios previos, los justos son reducidos por cuchillos terroríficos, entre nocturnos y fulgurosos gritos de odio.

Detengo mis reflexiones un breve momento, me ubico en este sitio de conflicto, un vértigo de intemperie nos consume, creo que todo el pueblo tiene en su interior ese sentido de convicción, este es un pueblo expuesto de morir hoy o en el siguiente segundo.

Todos tenemos ese tenue destello doliente y perpetuó, ese sentido de muerte como sombrero reverente, ese es nuestro sello en este pueblo, pero vencemos el temor, le vencemos entre devoción y testimonios.

En este centro de estudios superiores, vivimos en misión, nuestro escudo es precedido por el símbolo de S.J; tenemos en sello, un signo y un don de fe. Hoy poderosos sonidos se confunden por doquier, este momento tiene por nombre 15 de noviembre de 1989, escucho el tronido de morteros como rugidos de leones; violentos soles nocturnos irrumpen sobre este pueblo sin luces, soles que emergen del vientre de poderosos helitrones verde olivo, y es infinito el coloquio de fusiles con tremendos retumbos de furiosos choques entre enemigos, los conflictos son eso... muerte.

Por vivir en este sitio dejé lo ibérico, por vivir como vivo, tengo por herederos mis libros.

Pienso de nuevo en Monseñor Romero, mis recuerdos no tienen un solo sentimiento de odio, puesto que con el tiempo se convierten en devoción, su ejemplo me vuelve devoto.

Me convierto en hombre de fe. ¿Es posible vivir en este pueblo, con el riesgo de vivir o morir por un principio de fe? Entonces me respondo: ¡Si!, es posible, entonces es un privilegio.

Ser misionero es un enorme esfuerzo, creo que todos lo somos, solo que unos de un modo y otros de otro, pero todos tenemos ese pequeño instrumento que le dicen voz.

Y con ello decidimos el nombre del Señor, un Dios con rostro pobre, por supuesto, que vive en nuestros propios ritmos internos.

Leer me devuelve un sentimiento enorme de quietud, leo Mr., 16,14-20- et dixit eis: Eúntes in mundum universium… siempre somos misioneros y de niños tenemos por misión devolver un mundo próximo y posible, hoy que somos un poco menos críos, el objetivo es otro mundo siempre de niños, pero posible.

En este viejo texto encuentro y reencuentro mi propio destino.

Uno tiene por misión el destino que nos llueve por dentro. Misión es verse como un espejo en el rostro de los hombres de los cultivos perpetuos, misión es un dolor profundo que sentimos por los niños en los bordes de los precipicios, misión es correr el riesgo de un sueño en nuestros refugios pipiles, es irrumpir en el silencio impuesto sin temor de morir por ello. Uno en todo esto tiene un obvio propósito de misión, somos misioneros en diferente sentidos.

El conflicto surge por todos los rumbos del pequeño urbe, desde lejos se puede oír el rugido de explosiones sobre sitios obreros, el rigor del conflicto se presiente en el exterior de los muros, se percibe próximo como un vecino de odio.

¿Los inocentes deben ser deudos eternos de los poderosos?

¿Por qué vivir en un pueblo en conflicto?

¡Porque uno debe vivir donde es útil! –me contestó –

Creo que ser digno tiene mucho de fe, o ser un hombre de fe es como un ser digno, pero si estos dos principios coinciden en un reino de muerte, de silencios impuestos, de odio, de represión, entonces los principios se convierten en nombres como el de Monseñor Romero.

Creemos que vivir en este pueblo es un signo digno.

Después de todo tenemos fe…

De noche los helitrones escupen fuego, y desde lejos se oyen profundos quejidos en los dormitorios obreros, se ven miles de destellos luminosos que presumen horizontes heridos, entonces mis presentimientos se confunden con un futuro incierto; solo soy un hombre como otros, pero tengo fe y soy creyente; creo en un proyecto utópico, posible en este mundo de imposibles.

Los estrépitos del conflicto emergen de todos los rumbos, son estruendos de muerte, los terribles y poderosos señores de los fusiles expelen su voz entre nosotros, les podemos oír, por poco les podemos ver; los señores de muerte tienen sus territorios sobre nuestros destinos y nuestros destinos coinciden con sus objetivos.

Estoy seguro que vivir en este pequeño territorio es un privilegio.

Hoy que misión y privilegio nos unen, puedo deciros que lejos del odio, hemos cumplido con vosotros y con Dios.

Le vi firme y decidido, se fue por su sendero devoto…

El 16 de noviembre me enteré de su muerte, seis miembros S. J. fueron muertos por los hombres de uniforme, como en los tiempos de Nerón, repitiendo con su destino: los inocentes son deudos eternos de los poderosos.. y desde entonces, ese momento es un símbolo de misión. Millones nos hemos convertido en misioneros, como ellos.

El triunfo sobre los verdugos (16.11.89)

Tomé el pequeño libro y leí sus signos…

"Y me surgen de improviso los sollozos, como incontenibles espejos de un crimen y me duele en el fondo de mi ser.

Hoy el cielo se oscurece en silencio, lo oscuro se extiende por un mundo sorprendido, de voz en voz se contó en el universo un horrendo y siniestro crimen, ese terrible suceso nos encontró sin creerlo en que los inocentes son el ineludible precio de los fusiles en este pueblo de muerte.

El sol se detuvo en los cuerpos de esos hombres y sentimos sus rostros en nuestros rostros, de súbito le vimos resurgir en miles de niños de los refugios, en millones de jóvenes que nos ven desde otros pueblos, les vimos en nuestro horizonte de cultivos perpetuos.

Hoy ellos viven en nuestros sentimientos, viven muy próximos con sus ejemplos, sus rostros serenos, su firme convicción, su inflexible decisión que nos propone desde siempre un mundo nuevo.

Que duro es seguir el sendero de los creyentes, que difícil es tener fe y convencerse, que el precio sobre todo no es un premio, sino el duro suplicio de los verdugos.

Hoy me duele en el pecho su destino, como nos duele el destino de miles de inocentes, en este horizonte pipil lleno de muerte.

Miles de cruces se yerguen en nuestro sendero, el pobre sufre, el pueblo se duele por sus hijos, los niños "solos" huyen con sus recuerdos siempre recientes; mujeres con sollozos perpetuos inquieren sobre sus hombres o sus hijos y es el silencio el que responde siempre, un silencio impotente nos envuelve con su velo, un silencio que tiene en su encierro nuestros propios destinos.

En este pueblo de muerte, todo se convierten en cementerio, todo se vuelve féretro y sepulcro, todo tiene el signo de cuchillo de verdugos, lo mismo son los niños que los viejos, lo mismo es destruido un templo que los hijos de los justos; el olor de los muertos nos consume en nuestros sudores, el rostro de los sepulcros se imprime en nuestros ojos y todos comprendemos nuestro fin, un fin íntimo y predecible, un fin que dice hoy o el siguiente segundo.

En ese pueblo morir no depende de nosotros, depende de los verdugos que predicen nuestro destino, porque ellos son pequeños dioses, deciden quién vive o quién muere, como si fuese un deporte, que produce cruces, cementerios, niños perdidos, dolor, sollozos y números con nuestros propios nombres.

Estoy frente de vuestro féretro Monseñor Romero, junto con miles de miles, el viento con su ímpetu dice vuestros designios, el viento de noviembre presiente desde lejos el destino de los justos, ese viento que corre y recorre los cielos, el viento que en sus giros estruendosos, responde por tu nombre, el viento es testigo y el silbo es su voz, es un silbo profundo que recorre el territorio de los vivos.

En este inmenso cementerio, entre los fosos tenebrosos resurgen unos hombres que no mueren, que sonríen, que todos queremos entre nosotros, que no tienen olvido, que dentro de nuestros propios cuerpos les vemos construyendo monumentos, hombres con destino en su fe, hombres dignos y justos, hombres que tienen como escudo su conocimiento, ellos son los mismos que no pueden morir porque les tenemos dentro de nosotros mismos, nosotros somos un poco ellos, en los momentos que decimos sus tesis, sus versos, sus sueños, sus propios consejos o el rigor de construir otro signo de misión en este pequeño pueblo; le veo en congresos en los momentos seremos del coloquio de misiones exteriores, entre pequeños chistes por un 15 de octubre de 1979, y su confesión del profético destello de un concurso secreto donde se dictó "mi muerte" por los mismos de siempre; un hombre convertido en fe, me previo de mi muerte, ese hombre conoce hoy otro futuro.

Sé como mueren los hombres que promueven el reino de Dios, por eso nosotros lo promovemos muy poco…

Hemos perdido su voz y me refugio en silencio con su recuerdo, su ejemplo me exige, me hiere, me consume entre los libros que tienen sus tesis, conservo sus reflejos impresos en mi mente, le recuerdo en los breves momentos de Congresos o eventos, sonriendo del destino y sus propósitos, sonriendo en este territorio de muerte, venciendo con el conocimiento sobre los repulsos seres que es esculpen con fusiles el destino de un pueblo.

Hemos perdido mucho, perdimos con él nuestro propio conocimiento, perdimos un universo interno; pero creo que los sollozos no deben ser por ellos, sino por nosotros, por los hijos de los obreros, por el destino que nos persigue en este Ghetto, somos entonces un pueblo reprimido que pide desde el piso un minuto de tiempo y desde el piso vemos los fusiles del opresor, le vemos esgrimir sobre nuestros rostros el número del último momento.

El silencio nos consume, somos un pueblo hebreo sometido en este enorme Ghetto, los niños mueren, los viejos tienen en sus coloquios un refugio, no queremos morir y resistimos de un modo y otro, pero sin temor seguimos en lo dicho, seguimos los ejemplos de ese hombre con voz, somos millones los que no tenemos un destino forzoso, como él veremos los fusiles sobre nuestros destinos, en ese encuentro desprovisto de ficción, en ese vertiginoso momento de muerte, podremos morir, pero no puede morir muestro sueño por un mundo mejor, un mundo diferente, menos pobre y con mucho sentido de Dios, el mismo Dios de Moisés y el mismo Dios del niño de Belén que vive en nuestro interior.

Hoy es un momento de recuerdo, le recuerdo en este silencio devoto, un silencio que se convierte en reflexión por el destino, su destino puede ser nuestro propio sendero en este suplicio, pero existen millones que siguen este mismo rumbo, le seguimos, su recuerdo nos promueve, su ejemplo nos une.

Este es un momento cumbre, porque los hombres de Dios de nuevo vencen el reino del terror y el odio, es un momento festivo, Monseñor venció el signo de su muerte, desde entonces viven en nosotros, su ejemplo es el nuestro y en el tiempo que nos quede, repetiremos sus recuerdos, sus libros, sus nombres… millones de millones en el mundo. Después de todo su nombre y ejemplo es el triunfo decisivo sobre sus verdugos".

Cerré el texto y recordé su título: "El triunfo sobre los verdugos".I.E.

...De perdón, de fe y de seguir en lo dicho (16.11.89)

De noche escucho los sonidos de muerte, se oyen como crujidos en horizontes de pisos obreros, de nuevo los fusiles se oyen en lo profundo de este oscuro sitio, los sonidos del fuego son los premonitores del decisivo encuentro entre los ejércitos que deciden nuestros futuro.

El conflicto se extiende por todos los rumbos, rugen los obuses, se reproducen miles de cuentos del pueblo, cuentos que dicen como mueren los unos y los otros, muchos mueren sin un solo sentimientos clemente, los prisioneros son sometidos con fuego entre horrendos gritos de dolor, otros mueren con choques eléctricos; en un horrendo filme de 35mm, vemos como un hombre destruye con sus dedos el vientre de otro y luego con su cuchillo escoge un trofeo de su rostro, en otro los perros comen restos de hombres o niños desconocidos, mujeres y niños se esconden entre ripios y montes, helitrones verde-olivo con sus vuelos nocturnos destruyen miles de dormitorios obreros, el pequeño urbe se vuelve como un lienzo de peregrinos con pendones níveos, el pueblo concurre sobre sitios públicos sin tener dónde dormir o dónde ir, existen cuentos de encierros forzosos, donde dormir con los muertos es posible, donde sin féretros o ritos los seres queridos fueron encubiertos en pequeños vergeles, donde se une el dolor con el temor, donde los muertos son vecinos y duermen hombro con hombro con los vivos.

Cuentos de pobres, cuentos obreros en sus sitios-dormitorios, cuentos donde el fuego consume todo, ellos impotentes oyen sobre sus techos el terrible estruendo de los obuses, los obreros conviven con sus muertos y otros mueren sin recibir el mínimo cuido, muchos vierten su crúor sobre los pisos estériles; pero en el cielo helitrones verde-olivo deciden si viven otro momento.

Y esto nos devuelve el profundo sentimiento de lo próximo de morir y del inmenso objetivo de vivir en los límites de Dios o de este mundo.

Los fusiles son en este microterritorio quienes tienen el poder de decisión, los elementos civiles muy pocos podemos decidir.

Este territorio se vuelve como un lienzo, con color, con tono y sonidos estrepitosos, miles mueren y existen muy pocos que pueden huir de esto.

Esto se convierte en un territorio sin luz, lo oscuro precede lo desconocido, los momentos ofensivos entre los ejércitos tienen el privilegio de descubrir nuestros temores, estos momentos son como espejos internos, los sentimientos se vuelven un presente perpetuo en estos segundos de muerte.

Los retumbos son explosiones de poderosos equipos bélicos.

Estoy seguro que no existe límite en este conflicto, por eso todos nosotros no tememos morir hoy o en siguiente momento, es como si hubiésemos decidido con todo y su rigor, no desistir de nuestros propósitos.

El contexto nos lo impone, el destino nos exige, nosotros nos comprometemos en seguir, no tiene objeto desistir, no podemos huir de nuestro destino.

Pero en los momentos de conflicto, este convivir con el sentimiento de muerte se vuelve un frecuente convivio con lo desconocido, es muy difícil ser firme en un mundo que se rompe, roto por violentos signos del conflicto. Respiro firmemente, respiro con el decisivo elemento de lo que es seguir en lo dicho, es como otro momento de fe.

Veo y reconozco quienes son los que con sus fusiles imprimen este césped mi rostro, veo sus uniformes y les vemos desde un momento sereno, lejos del sentimiento perdido, lejos del odio, ellos cumplen, es su destino y el nuestro.

Hemos vivido momentos decisivos en esto, el destino de muerte es solo otro momento de lo frecuente de vivir en este pueblo, de noche no puedo distinguir con precisión todo, pero presiento que esto es nuestro destino, veo de frente el rostro de los verdugos con sus uniformes, ellos creen que deciden nuestro último momento en este pequeño pueblo.

En momento como éste, los recuerdos se vuelven como un ciclón de videos internos, un profundo sentimiento de fe nos envuelve, este es un segundo decisivo; ellos creen que moriremos y nosotros creemos lo inverso.

Es un privilegio morir con quienes uno quiere, en el sitio donde por muchos tiempo fue como un templo de estudios superiores, estos corredores, sus pequeños cipreses, flores con color intenso, los libros científicos, los signos de fe, el infinito recurso filosófico y nuestro compromiso de romper con el terrible espectro opresivo sobre los pobres, sobre el pueblo que se consume entre el refugio, el exilio o un destino de muerte.

Desde un sitio de lejos, unos hombres de uniformes creen que deciden nuestro destino con sus fusiles, según ellos deciden si vivimos o no, de nuevo tienen un error, porque somos nosotros los que hemos decidido este destino, pobrecitos, como siempre en el error.

Desde ese sitio "seguro" dieron órdenes, dispusieron el número de hombres con sus equipos completos y con su mente en "ellos o nosotros" creen que destruirnos es todo, pero somos de nuevo nosotros los que hemos decidido tener un testimonio de fe, un pequeño símbolo de devoción sobre los hombres violentos, sobre los cuchillos, sobre los fusiles, como en los momentos en que otros hombres decidieron lo mismo, en un remoto tiempo.

Hoy que enfrento el peligro desde el sitio que ellos creen que es el de los débiles, desde el sitio opuesto de sus fusiles comprendo su extremo temor por nuestro conocimiento, ellos son los débiles, son ellos los que no tienen discernimiento eso les convierte en seres muy pobres.

Creo que Dios en su momento puede ser clemente con ellos, puesto que como seres sin conocimiento, son motivos de compresión, débiles y pequeños.

Ellos creen que moriremos, menudo lío, eso mismo dijeron otros opresores en otros tiempos y ese mismo consejo dictó un tribuno de otro imperio, pero como hombres convertidos en fe, creo que tenemos el privilegio de vivir en este pueblo, unir nuestros continentes y de ofrecer nuestro testimonio como otros miles por un mundo diferente.

Pero ellos con sus fusiles siempre de perdedores, pierden su conocimiento y con esto pierden su espíritu los pobrecillos.

Ese testimonio fue destruido por los hombres de uniforme un 16 de noviembre de 1989, con el estrepitoso crujido de los fusiles versus los hombres de fe y desde lejos puedo oír un último sonido:....de perdón de fe y de seguir en lo dicho, porque ellos viven con nosotros, y eso no lo pueden destruir los pequeños y débiles hombres de uniforme.

Me sorprendió verle de nuevo.

Y estoy como en los viejos tiempos, oyendo rock y creyendo que todo es posible, por unos minutos el tiempo se rompe, tiene un quiebre que predice este insólito encuentro.

Los sonidos de mi mente repiten ese sonido rock y de pronto emerges de fondo de un bus, como los sucesos de Julio C. en Monsieur –le –Prince con Johnny, estoy sorprendido, con el vértigo de lo imprevisto, verte de nuevo es como vivir un cuento, en este sitio en conflicto.

Recuerdo los colores de tu vestido en el último momento que nos vimos, eso es como un hecho de devoción por vos, verte como te vi en un remoto tiempo, muy diferente como nos vemos hoy.

… "entre volver y no volver",… "que perdió sentido todo".

Por mi mente cruzó un destello de recuerdo, miles de silencios impuestos, propósitos ocultos, inventos de sucesos entre vos y yo.

Te vi y lo mismo hiciste vos, como si el destino nos diese ese breve momento de dos seres que con su ridículo destino, se ven después de miles de hechos bélicos, donde muchos recuerdos imprevistos emergen de ese reencuentro.

El conflicto tiene en nuestros cuerpos signos propios, el conflicto tiene sobre nuestros hombros hechos perecederos, todos en este pueblo tenemos eso, todo es conflicto, todo es muerte.

Por mi mente concurren hechos de otros tiempos sucesos de juventudes sin compromisos, hechos donde entre licores de connubios y el recorrido de noche por el Bld., pretendimos construir entre vos y yo nuestro futuro entre besos y lo frenético de un mundo sin conflicto.

Un segmento de *El Principito*, se imprimió en nuestro discurso porque nos lo impusimos es ese intenso juego de conocernos o de someternos, en ese doble espejo tuyo y mío, donde nos reproducimos el uno en el otro, un sueño joven fulgoroso en el comienzo de miles de condiciones de un conflicto, que no soñó ninguno de nosotros.

Juegos juveniles donde lo riguroso de no tener compromisos se impuso por nuestro destino, junto con otros construimos nuevos límites en un mundo que tiene en su interior, un rigor violento de siglos, pero esto no fue condición, supimos, tener sueños entre los mismos muros de concreto que hoy tiene inscrito viejos signos de rebelión.

Desde lejos en el tiempo puedo verme, desde lejos me veo en ti y desde luego tengo miles de sentimientos en uno, como si el tiempo no hubiese sido un límite, donde de nuevo. *El Principito* tiene su sitio en este territorio en conflicto, desde ese recuerdo, sin el menor oprobio del prehoy, seguimos en lo mismo con estos pequeños sueños locos.

Hemos vivido siglos en breve tiempo, somos terriblemente viejos en estos horizontes de conflicto, hemos hecho un tributo con el precio de nuestro propio destino en ello, eso es lo justo.

Nos creímos muertos.

El uno y el otro nos creímos muertos y entonces nos reímos muchísimo, multitud de cuestiones se confunden, entre vértigos desconocidos tuyos y míos, en un recuerdo muy remoto, muy etéreo como un sueño.

De nuevo los sonidos me consumen, pienso en rock y en vos, en todo el cosmos político, es posible que si te comunico lo que pienso con mis sonidos internos, no dejes de reírte por lo menos un mes.

Te vi en México en un filme público y no puedo creer que vivieses, te vi sobre este trópico intenso, pienso, de nuevo escribiendo sobre los muros y riendo, leyendo tus versos que tienen el rigor de mujer que se es fiel y lo es con su destino.

De todo eso, el juego político nos envuelve y se confunde con todo nuestro deseo por ser diferente, nos hemos convertido en seres que siempre tienen por profesión sus sueños.

Creo que este reencuentro tiene muchos menos signos juveniles, es un poco menos sueño, por lo menos no somos prisioneros de los libros, excepto de *El Principito*, donde flores y corderos no tienen destinos predecibles.

"Entre volver y no volver"

"… que perdió sentido todo".

Y los infinitos coloquios sobre nuestros destinos, se convirtieron en un hoy profético, pero tuvimos muchos errores lo sé.

De lo vivido juntos, hoy nos vemos con en un filme de *Buñuel.*

En los viejos muros y los miles de recuerdo juveniles de hechos y de recuerdos, lo que siempre llevo conmigo –dijiste – fue lo de Monseñor Romero, conocerle fue lo mejor.

En este diminuto territorio hemos vivido siglos en un segundo; el tiempo se confunde entre hechos que construimos entre todos, hechos como cuentos; por suerte vivimos, por suerte o por intervención de elementos divinos, puesto que si fuese por los hombres…

Después de mucho tiempo, todo es diferente, muy diferente, todo se consume entre los pocos que seguimos vivos, como si fuese un tributo por los otros, como perpetuos testigos de nuestro posible destino.

Entre nosotros existe un recuerdo de eventos políticos, como si fuese un juego de niños, somos de un modo u otro, cómplices de un futuro que es... "hoy"; recuerdo con precisión miles de sucesos, por ejemplo como Vicky te protege porque dice que los hombres son seres con "un solo objetivo", eso es correcto, si el objetivo eres tú, pero no lo es, si los dos coincidimos en ese "dichoso" objetivo.

Y todo esto "pierde sentido".

¿Todo perdió sentido entre vos y yo?

El silencio nos envuelve y recuerdo con perfección tus besos con los míos, de cómo de noche construimos un nuevo génesis de conocimiento, otro orden de misión entre nuestros cuerpos, entre los destinos que se opusieron en seguirnos, vos y yo, comprendiendo el futuro sin temor de sernos fieles por siempre, y luego el exilio y el retorno, con los múltiples reencuentros.

Me pregunto si todo perdió sentido.

Y Fito P. repite su sonido, *¿...entre volver y no volver?, ¿si eres un ciego de poder?, ¿y si todo perdió sentido?*

No creo que todo perdió sentido, porque me diste tu nuevo teléfono, y existen miles de muros vírgenes, donde podemos escribir un verso o el nombre de los prisioneros políticos que siempre queremos ver libres...

Terror de noches sin luz

Vivimos en este reducto con otros niños que conozco, pero tenemos el nexo común de ese destino de muerte en nuestro rostro.

Espero mi turno.

Esto es un ghetto donde vivimos miles de miles, me dicen judío, porque vivo con hebreos, pero Moisés se perdió muchos, muchos siglos precedentes, y hoy de nuevo somos pequeños Moisés en los ojos de otros hombres.

Me dicen Dr. K. y cuido este sitio que tiene por nombre: huerfhebreo o judiosilo, donde viven unos 200 niños. Vivimos en 1942, y estos niños conocen el monstruo que tiene por nombre: "muerte". Mis niños en este lúgubre sitio de reclusión, son sólo míos, no tiene otro tutor genético sólo yo.

El conflicto se desenvuelve entre miles de muertes y el odio es un pendón en el cuello de muchos guerreros, en este ghetto los niños siguen con sus brinquitos sobre el piso, siguen con sus ritmos ingenuos y son los mismos tonos de otros niños en otros universos, siempre con nuevos inventos, siempre con nuevos juegos.

Los niños ven el mundo desde el nivel de sus ojos, un nivel que sólo es el de su dimensiones, desde esos ojos el universo es pequeño o enorme, luego en el piso con sus ojitos sobre ese horizonte, construyen senderos edificios, soles, pontos, un refugio versus los monstruos del cielo, les he visto gemir en oscuros momentos y decir el nombre de sus tutores genéticos, entonces sus diminutos y fino quejidos son durísimos me estremecen.

Sus juegos eluden sitios-destinos, eluden destellos de otros rincones sin conflictos, se ven corriendo y su infinito no es el limite de este ghetto, es curiosos en ellos no existe el odio, no existe el precedente de un proyecto histórico forzoso, ellos son juegos, ellos son fuego interno, ellos son intención de vigor por conocer el universo.

Hoy, Xochitl me dijo que soñó con fuego.

Y otros niños me dijeron lo mismo, sus sueños son terribles, son un recuerdo perpetuo por sus seres queridos, sueños en que sus tutores genéticos les descubren entre otros niños y luego viven felices.

Todos estos niños viven por un solo recuerdo; eso me duele muchísimo, puesto que ellos no vuelven y su fin es predecible.

Este judiosilo es todo, desde el momento en que nos recluyeron en este terreno cuyo nombre no deseo escribir, y que nosotros le definimos como: "Treblink-muerte" ellos me dicen Dr. Korczhecbreo, y yo no soy hebreo, los hijos de Hitler me dieron "orden" de que les deje, ¿pero cómo les dejó?, si los niños son seres indefensos, son huerfhebreos; yo les cuido, no existe otro, yo vivo por ellos.

¡Escuchen niños!, –dije–, nos iremos de este judiosilo porque nos lo pidieron los hombres de poder, nos iremos de este sitio, pero yo siempre viviré con ustedes, me dieron orden de vivir con ustedes en este ghetto.

- ¿Y podremos vivir junto con muchos de nuestros juguetes?
- ¿Y existen muchos bosques con osos?
- ¿Y bufones con sus títeres que pueden reír solitos?
- ¿Y podremos dormir mucho sin temor?

¡Niños! ¡Niños!, ¡tomen sus bolsos, con sus juguetes!!

Me dijeron los seguidores de Hitler que todos los niños judeohebreros, sólo tiene un sitio en este mundo… el exterminio.

Es terrible despedirse, es horroroso ver los rostros de los niños en los inmensos reinos del terror, sin protección, solos, solos, solos.

Estos ritos son horrendos, hoy voy junto con mis niños en este último juego, les digo que prefiero esto y no vivir sin ellos.

Los hijos de Hitler vienen de noche, con el sigilo nocturno de los búhos, vienen con su ritmo métrico y preciso, entonces rompen tu silencio íntimo, ese es tu último segundo propio.

Luego no te veremos en ningún sitio, ni tu voz, ni tu video en dimensión, ni tu rostro y todos tendremos muchos sollozos de luto… por voz, me dicen..

Nos hemos despedido por mucho tiempo, nos hemos despedido siempre.

Es de noche, un lúgubre respiro de ese silencio se siente en este interior húmedo, es un silbó débil y lentísimo como un viejo de siglos, sus tristes ritmos se beben en sorbos, en cortes de profundos sínodos de terror.

Hemos vivido en un sitio sin reposo, un sitio-prisión, muchos vivimos con el tiempo corto, puesto que es un tiempo de exterminio.

Pero los pequeños siempre descubren juegos y este sitio de muerte no fue excepción, Xochitl siempre musitó versos melódicos, ellos tienen juegos con otros niños, ellos tienen los viejos ritmos de cuentos, cuentos que dicen en su fin…" el burrito eres tú".

Recuerdo en vívidos y lúcidos videos, los destellos de un mínimo fuego que en su recurrente movimiento imprimió demonios rojos y oí su estridente voz de horror.

Me estremece reconstruir este tormento…

Ellos vinieron por nosotros, en un momento muy oscuro, sus sonidos rítmicos irrumpieron en mi lecho, les vi, y ellos procedieron según su intención, fuimos conducidos y entonces nos vimos unos como otros.

Un búho grito desde lejos, dude de todo, como si eso fuese un sueño, pero el búho me recordó lo opuesto, ellos me condujeron por sus sitios secretos, me condujeron como otros miles.

En ese momento entregue todos mis utensilio que cubren mi cuerpo, se que el destino me tiene un fin, donde lo que cubre mi débil cuerpo, no sirve.

Desnudo... voy junto con mis niños.

Ellos lo mismo... donde es nuestro inicio-fin, no tememos ir desnudos.

Todos los utensilios pobres que tenemos, son en este momento un recuerdo nuestro, por los otros que tiene otro segundo de tiempo, en este momento.

No necesito vestido en el momento de morir, todos hemos hecho lo mismo, todos desnudos nos fuimos distribuyendo como en un rito de milenios, en un breve momento, el presente y el futuro se unen en nuestro destino, se es conciente del conocimiento de ver el presente fundido en este futuro, es un hoy terrorífico, un hoy de muerte.

El fin.

Muy lento pero muy lento, como en un desfile fúnebre con desconocidos, nos dirigimos sin ecos, sin videos proféticos y sin discursos políticos sobre el último sitio de nuestro fin presentido

Un frío nocturno nos precede, es un frío intenso y silencioso; sólo el grito del búho rompe ese silencio fúnebre, uuuuuuuuuu, le oigo, y oigo, y mis sentidos en filoso ímpetu se ponen tensos, como los guerreros en sus fieros juegos de muerte, mis sonidos internos se vuelven tempestuosos, oigo el poderoso quejido de mis sentimientos interiores, pum pum, pum y percibo el vuelo de otros seres nocturnos, de nuevo los gritos de los búhos se vuelven intensos uuuu, uuuu, uuuuuu, entonces el silencio nocturno es terrorífico, esos gritos predicen nuestro destino.

Los quejidos de los niños se reducen, los susurros se vuelven vigorosos y emergentes, pero es el fin, no existe un exilio venturoso no existe un fugitivo vivo de este sitio.

Los niños y yo somos unos pocos entre miles que recorren un sendero como este.

Los niños se unieron en el contorno de mi cuerpo en este último juego, nos redujeron como otros muchos prisioneros, este es nuestro último sitio-destino, en este reducto con sello hermético, el cierre de los portones dejó el interior con un color negro muy intenso, los niños siempre temen lo oscuro y sus quejidos con sus deditos en mi cuerpo insistieron en ceñirme, entonces de súbito, un olor hiriente nos hizo toser mucho, y ese olor de muerte penetró por nuestros pulmones; es un momento con un terrible deseo de beber oxigeno, nuestro dedos rompen los muros con un tremendo esfuerzo por vivir, el muro no tiene ningún sentimiento y solo cumple su función de exterminio...

En muchos ciclos no supieron de mi, me disolví como otros en este sitio, pero de nuevo he vuelto de ese sitio oscuro, de nuevo estoy vivo en este pueblo diminuto, estoy de nuevo con vosotros y creo que esto es otro ghetto, solo que sus símbolos son S.S.

En Innsmouth el futuro no existe

El oscuro destello de milenios se confunde en este breve momento de reflexión, en este sitio todo es oscuro, todo es tenebroso, porque Innsmouth es eso… "temible", Innsmouth es sitio de no-futuro, es un espejo horroroso de destino crueles; en él se ven luceros que son proyectos horribles, con sucesos sin control, sin un solo rumbo de cierto, sólo son demonios en videos que se imprimen en nuestros propios cuerpos.

En Innsmouth los lobos son soles nocturnos, sus hocicos expelen un olor dulzón de crúor reciente, los lobos tienen un instinto de culto impune, comen, beben y se reproducen por el nexo vivo de otros seres, los lobos son los reyes de Innsmouth.

Ellos viven de nuestro terror, comen del miedo que producimos, son lobos de muerte.

En Innsmouth vivimos como en un desierto interno, lo oscuro precede intensos momentos de muerte, sus filosos dientes relucen como estoques, los lobos tienen por distintivo en sus frentes sellos purpúreos indelebles, se mueven con su furioso ritmo en grupos impulsivos, y cumplen ritos de perjurio versus sus opositores, porque Innsmouth es un pueblo que el demonio secuestró en el tiempo, y los prisioneros en ese sitio viven un eterno tormento por los siglos de los siglos.

He visto horrendos ritos en este sitio de olvido, todos vivimos un breve momento de nuestro destino en este lúgubre cerco, es el momento mismo en que los lobos escinden tu rostro en un rito de milenios, en ese momento lúcido, puedes: "ver, oír y oler, tu destino cruel en los hocicos de los lobos".

Ese momento es el presentimiento del fin.

UUUUU, UUUUU, el ronco y deforme grito de sus grupos, te produce un frío intenso, en este pueblo, todos somos los "siguientes", todos tenemos un número en nuestro rostro y ellos en sorteos nocturnos siguen el rito fúnebre de suprimirlos, un ejército de suerte invertidos, donde los números de premio son los que no emergen.

Suerte de no ser el siguiente, "por un segundo".

En Innsmouth el futuro no existe, sólo el presente perfecto, es un diminuto segundo de hoy, por eso los seres de Innsmouth son creyentes el recuerdo de un Dios vivo, que no les protege de los colmillos de los lobos, esto es un limbo donde morir es el precepto.

Todos en un breve recuento previo del dormir, hemos de tener un segundo de introspección, es un breve recuento impotente, puesto que en Innsmouth no existe un solo ser que esté exento de los lobos, en ese intenso segundo, podemos sufrir un poco, podemos reír, podemos pedir no ser los "siguientes", y podemos vivir milenios de milenios sin ser los del designio de suerte, pero si lo somos, es el fin.

En este sitio, el tiempo no existe.

Lo mismo es hoy que muchos siglos después por lo menos eso tiene Innsmouth de correcto, no perdemos el tiempo en sufrir por un destino incierto, porque sólo vemos el hoy, el presente perfecto, por eso vivimos todo muy intenso, todo es intenso, es como decir: "lo posible es hoy, solo hoy".

En Innsmouth todo el mundo se ríe del futuro, puesto que ninguno es consciente de vivir el próximo segundo, no nos pertenece ni el derecho de ver el futuro, solo el presente todo en presente, como los griegos.

Convivimos con los lobos, ellos nos ven, su rostro de terror no finge, su rostro es su sello de terror, ellos son lobos y nosotros hombres.

Hoy he visto un rito de muerte.

Los lobos en sus grupos de exterminio, en un silencio profundo como un rito fúnebre vieron los ojos de sus "siguientes" hombres-números y el resto fue un breve cuento de muerte-muerte.

En Innsmouth todo es un rito fúnebre, un terrorífico rito, donde lo que existe es el derroche de sucesos, no existe religión, ni brujos, no héroes, ni clérigos, ni pontífices que se liberen de los hechos de muerte, no existe un solo sentimiento de devoción, los lobos comen hombres y los hombres mueren en sus filosos colmillos, son los signos o designios de un imperio perverso, donde todos los hombres que mueren, tienen el sellos benditos del imperio, de ese imperio y su "misión" en Innsmouth, el imperio perverso decide muestro futuro, es su "misión", son decisivos como jueces sin juicio, ellos resuelven nuestro último respiro en Innsmouth, porque son los jefes de los lobos.

Todos en este odioso pueblo conocemos esos monótonos procedimientos, es como si conociésemos nuestros futuro, pero le vemos en presente.

Hoy presiento un tenebroso encuentro con los lobos, entonces de noche rezo con devoción por mí y por todos, no soy un héroe, ni deseo serlo, pero todos en este pueblo tenemos ese sentimiento de desierto, un sentimiento ser solo uno, de vivir en un ghetto, que de un momento u otro los lobos en estrépito de grupo, sin visión de límite en nuestro portón con su rostro deforme en un pedido concluyente, seremos sus "siguientes números", como otros miles en este pueblo de muerte.

Hoy les vi en mi sitio-reposo, los vi, en medio de nuestros libros, en medio de miles de textos, como si ellos quisiesen vivir con los signos de nuestros rezos, los lobos nos hicieron fingir un reposo en un pequeño césped, los destellos de sus ojos los recuerdo en lo íntimo de mi ser, son ojos odio, son un resumen violento hecho de "suerte" con designio, ¿muerte con designio?, ¿Qué digo?, no temo, puesto que de eso viven los lobos, eso es su único punto débil, y no les temo, por poderosos que muestren sus colmillos.

Hoy es mi noche de "suerte", mi número es el premio de ellos y los lobos vinieron en su mejor estilo, tienen en nosotros un festín, es su hecho de héroes.

No temo y hoy soy un hombre muerto, pero un hombre muerto sin miedo.

He decidido morir sin el menor signo de temor, como un hombre digno, como un hombre firme en su último segundo, como hombre que cree en un mundo que pudo ser mejor, que pudo creer en el infinito cielo o el intenso reino de Neptuno.

Pero hoy el futuro se une en mi presente, veo el presente y el futuro en este breve segundo, hoy es mi fin.

Los lobos cumplen con su destino de exterminio, en este ghetto eso es lo corriente, nosotros somos sólo hombres, ellos los lobos.

El silencio es un destino posible, tu silencio es un destino posible, tu silencio es posible, todos los silencio es son posibles, todos los silencios son posibles, en Innsmouth morir predice tu encuentro con otros sitios-destinos, eres un hombre, que no teme, que es digno y no teme por los lobos, entonces de noche en el momento que todos duermen, el portón de tu sitio-reposo no resiste los colmillos de los lobos, tu encuentro con un universo desconocido te une con ellos.

Entonces comprendiste, el cuento fue tu propio testimonio impreso en el Códice de Ceren[2]

---

[2] Este texto me fue conferido"de término en oído", por un viejo clérigo ortodoxo, y su último testimonio fue: "el secreto del Rerum et Novus, es que los hombres son libres y por eso se ríen de los lobos con todo y sus colmillos nocturnos" –n. tr. Texto griego con referente de origen en el Códice de Cerén.

Presente Perfecto

Yo soy yo.

He escogido este sendero, puesto que con él cumplo mi destino. Resumo lo trino del tiempo, el pretérito, el presente y el futuro se unen en mí y produzco hechos cósmicos, hechos que los viejos nobles predijeron. El tiempo no tiene tiempo en mí, soy el génesis del tiempo mismo, produzco en mí ser el nexo cósmico con el resto del universo, yo soy yo, el que decide el futuro sobre sí mismo y sobre un proyecto-universo. Vivo en presente perfecto.

Puedo ver el pretérito y el futuro en conjunto, decido en presente, puesto que lo fundo todo en este brevísimo hoy.

Tengo por misión corregir el curso de los hombres que resisten el conocimiento, corregir por ejemplo: los sucesos 3000 ciclos previos de que se consumen, corregir tu destino, con mi destino.

Por eso vivo en presente perfecto.

Sé lo que sucede 3000 ciclos después.

Tú en este breve encuentro de lector-destino posees el poder del descubrimiento, es tu encuentro místico, donde el tiempo no existe.

El escrito de los viejos consejeros, se hizo con el propósito de que tú vieses en ellos tu propio destino, tu propio futuro en tu futuro.

Yo soy el que soy, señor de los tiempos, destino predilecto de los guerreros, de los hombres de conocimiento, hombres de poder, que no tienen futuro, sólo presente.

Comprendo el futuro desde tu propio pretérito y presente, veo múltiples condiciones en tu condición de hombre, soy el nexo de tu destino cósmico, el vértice de miles de miles como tú…

Por ello con profundo sentimiento de compresión veo tu destino y el de los hombres que tienen el deseo de un mundo mejor.

Leyes, edictos, puentes de tiempo, un signo colectivo es el futuro del mundo, miles de mínimo sucesos, son los potentes correctores del destino, un segundo entonces, es el universo que incluye tu fin o tu principio; un breve segundo tiene en sí, el inmenso poder de ser conjunción de múltiples universos gemelos.

Soy el que tiene el poder, puedo decidir el futuro, vivo en múltiples momentos y cumplo con ello, con el ineludible propósito de ser yo.

Soy el Señor del Tiempo que construye hoy, en múltiples sentidos su propio destino, visión múltiple en video de pueblos en movimiento, destino con objetivos únicos: un mundo de luz y poder.

Mido con precisión los sonidos que emito los dedos que he de mover, los símbolos que debo escribir, porque éstos tienen límites, yo solo cumplo mi destino y soy el Señor de los silencios y Silbos del Sol.

Como un poderoso ser geométrico, puedo ver los hijos de los hijos, los productos-fines 3000 ciclos después, el reverso y en ves de todos los pueblos de los pueblos, por eso principio o fin se confunden con el génesis de mis propios silencios.

Sé el momento que he de morir.

Cumplo mi destino, con tu destino.

Mi misión en este continente concreto, es el símbolo de unión de todos los tiempos de los tiempos, porque el futuro y el pretérito tienen su concilio en mi cuerpo, soy, después de todo, un hijo del proyecto eterno.

Por ello el encuentro de tu propio espíritu con el libro, es el tributo de miles de ciclos que previeron tu misión, tu destino.

He vuelto.

¿Es menester que de nuevo el hijo del conocimiento se inmole en nombre de todos?

¿No reconocéis los designios del Poderoso Señor de los Tiempos?, entonces menos comprenderéis vuestro destino, por mi destino.

Los hombres creen que su poder tiene un infinito criterio de perdón y olvido como si no existiesen leyes que predijesen los destinos de todos los pueblos, en este tiempo que no es peor que otros miles de ciclos previos o miles de ciclos después, en un futuro incierto.

¿Es el momento de corregir un destino concluyente?

Se que existen miles de hombres con este objetivo en el mundo de los hombres y todos tienen por misión corregir este tiempo

Se que existen miles de hombres con este objetivo en el mundo de los hombres y todos tienen por misión corregir este tiempo.

Existen los que con su débil voz piden por un Dios Vivo, otros que en versos exigen un proyecto de fe y otros que les encuentro en los sitios públicos; muchos piden desde el piso con sus recipientes de fierro, piden dos o tres níqueles, de eso deben comer ellos y sus hijos, otros se confunden en misiones de ciegos todos en los humildes empleos que no tiene futuro, porque el mundo pierden su futuro con este destino forzoso y violento.

Los pobres tienen el don de los tiempos, puesto que ellos ven el mundo desde sus propios destinos.

Visito los templos, veo los pobres y convivo con ellos; predico entre vosotros los silbos y voces del pequeño libro que une los universos de hombres con el cosmos, recito dos o tres versos de mi destino y pido que el Señor infinito me de el vigor de cumplir con mi misión.

Se que el tiempo en este sitio no es eterno, pero debo cumplir con lo que los textos dicen, debo seguir y ejercer el destino que une mi propio proyecto, con el vuestro.

Leo mi futuro en tu futuro.

Estoy seguro que podemos corregir el futuro hoy, es posible, con un mínimo esfuerzo vuestro.

Hoy es nuestro presente perfecto, el futuro no escrito, que tiene su limbo en nuestro deseo por un mundo diferente, el presente entonces es unión con todo el pueblo mismo, con el poderoso Don de cumplir los fines escritos. Yo soy el que soy, el Señor de los Tiempos y leo en vuestro íntimo ser, el secreto de los hombres guerreros, el indecible fuego interno de los señores del poder, el testimonio de los reyes del conocimiento.*

---

* Primero folios del libro: Códice del Cerén.

El Prisionero.

Dentro de mi prisión, el cosmos es oscuro.

Pierdo el sentido de sol, puesto que en este reducto todo es de noche. Lo oscuro tiene otro ritmo, otro vértigo de sonidos y tiempos, percibo distintos ecos y puedo medir en lo lejos distintos tonos, reconozco ciertos sonidos líquidos que fluyen en este nicho prisión, percibo el revoloteo de los insectos, sus micro pies prendidos de mi cuerpo, el ruido de los roedores, el olor húmedo y dulzón de este sitio, siento como los vermes con piel de lombrices recorren en silencio mis dedos, y yo lucho por destruirles porque tengo muy poco movimiento, porque no me puedo mover mucho.

Ciertos insectos me muerden con sus diminutos y filosos colmillos, eso me vuelve loco, lo mismo el ruido terrible de los roedores, ellos sienten mi cuerpo, mi olor, sienten que estoy vivo y temen un poco, pero solo un poco.

Sus chillidos me confunden, no los soporto.

Como puedo resisto sus incursiones, creo que esos roedores conocen mis límites, sus chillidos son terroríficos, esos roedores son mis peores enemigos.

Tengo los ojos como los tienen muchos prisioneros, es decir, en un forzoso mundo de ciegos, ellos no me permiten ver y con objetos de hule sobre mi rostro, me impiden ver este horroroso mundo de mi prisión.

En mi condición reconozco que ver es un don, un privilegio, ver es sinónimo de conocer, hoy sé como es este universo sin luz.

Reconozco lo oscuro, puedo con cierto límite, moverme dentro de estos muros y percibo un cierto destino de los que huyen.

Soy lo mismo prisionero del tiempo, del sol que recuerdo, del presente horrendo y de un futuro que sueño, soy un ciego forzoso y desconozco mi entorno.

Mis sonidos internos se vuelven emergentes, como el crujido de un coloso, ser ciego me impone ser un vidente de mis sonidos internos, soy un vidente de otro mundo los ciegos son los que ven el mundo de otro modo; porque ese cosmos es un reino de sonidos, sonidos y percepciones que se vuelven mínimo en los momentos de temor, puesto que en esos segundos mi percepción es exterior.

Veo por los oídos, por mi piel, poseo entonces muchos sentidos que poseen los ciegos, escucho los respiros próximos, los ecos de los hombres que nos impiden ver, escucho como rompen el silencio con sus pies, el ritmo de su trote o sus órdenes en este reducto de muerte.

Como todo prisionero, estoy en el centro de un universo nocturno, pero el silencio tiene en prisión otro sentido, es como el microuniverso que tenemos en un sitio perdido de nuestro cerebro; tengo todo el tiempo con ese silencio interno, un sonido interno perfecto que es cómplice en este reducto prisión.

Como el tiempo no existe, distingo breves reflejos de quietud que dividen mi íntimo con el exterior, distingo un cosmos interno y extenso, distingo todo un continente próximo de mi ser.

Soy prisionero por mis sueños, por decir "no", por subvertir lo que creí incorrecto, hoy vivo –digo – sobrevivo en prisión, con un perpetuo sentimiento de muerte, con ese sonido profundo ilegible de temor fiel, de miedo que presiente el momento de su muerte, pero como puedo lo venzo.

¿Existe el sol?

¿Existe otro mundo diferente que este?

¿Existe otro destino que este?

Escucho los quejidos de otros hombres que sufren tormentos, sus voces de dolor me producen sufrimiento; les oigo, escucho lo que permiten estos muros de prisión, y de vez en vez, distingo el ritmo violento de los expertos en producir dolor en otros.

No soy libre, dependo de otros.

Dependo de su perdón que no tiene un solo signo de mi criterio, pueden destruirme, pero eso no destruye mi decisión, soy un hombre que define su proyecto por el propio ejercicio de sus objetivos.

Un sentimiento impotente me consume, puesto que soy un prisionero como otros.

Ser prisionero es un momento incierto, donde "otros" tienen el poder de decisión.

El tiempo no existe entre estos muros, ni el tiempo con su sol o su noche, eso me consume en un lento, lento suplicio.

No me dejo consumir por el terror y puedo discernir lo mínimo que soy, percibo que soy un pequeño juguete del destino, comprendo que lo único que poseo son mis propios proyectos, el recuerdo de mis seres queridos, y otros videos internos que tienen miles de fusiones con otros miles de recuerdos, solo eso poseo.

Soy un prisionero, pero soy un guerrero, soy un prisionero de mi propio proyecto de futuro, y tengo el privilegio de vencer de segundo en segundo el sentimiento de muerte con el que vivimos en prisión, ese sentido de muerte televisión c el producto en "serie" de los procesos obreros.

Estos reductos de muerte son los pretenden destruir nuestros sueños.

Por ello me esfuerzo desde mi prisión en ver otro destino que no es este poseo conmigo el poderoso sello de ser un hombre y su proyecto, un ser que decidió ser diferente; convicción preferible o fe consiente, de todos modos fiel en principio por otro modo de ver este universo.

Hoy los roedores se oyen muy próximos, presienten mi fin, sus cuchillos me ponen nervioso, uno que otro vence su propio miedo y corre sobre mi cuerpo, me vuelvo entonces convulsivo, resiste sus incursiones y luego de nuevo ese contexto de quietud, eso es los siempre, de nuevo soy un guerrero que no pierde su rigor por el triunfo.

Presiento mi fin, me convenzo de mis objetivos, del firme propósito por otro mundo mejor y estoy seguro que esto no es eterno, recuerdo entre sueños los suplicios de los inquisidores.

Pero en este tiempo, en este proyecto de fin siglo, yo soy obrero, vivo por este pueblo que sufre opresión, soy un hombre como otros, ellos me dicen delincuente, yo prefiero decirme: "prisionero político".

- Tengo miedo.

- Todos tenemos miedo hijo, pero no debes seguir teniendo ese tono, no te preocupes.

- Es que pienso en todo lo que nos puede suceder, correr el riesgo por unos mugres pesos de sobresueldo, solo por eso.

- Bueno después de todo, unos pesos, son unos pesos, sirven.

- Pienso en todo lo que hemos recorrido, todos los penosos concursos que hemos tenido, los límites entre un pueblo y otro, recuerdo todo, desde el momento que tomé el ruinoso Cóndor en ese punto de buses, todos como bueyes, con miles de sueños sobre nuestros cerebros, viendo por entre los vidrios verdosos el sollozo de los seres que nos quieren, que nos despiden y nuestros viejos, que repiten intermitentemente: "suerte hijo".

Y todo sigue lo mismo, el mundo no se pierde por nuestro destino, sigue con su ritmo de vértigo intenso, el bus se pierde y nosotros vemos nuestro futuro en un territorio que no es el nuestro, en el Norte, donde existe el empleo.

- Oh, ooohhhhm -dijo Rigo con un tono burlesco – ¿te volviste filobobo?

- Se dice filósofo.

- Eso Tony, filósobo

- ¡Filósofoo!

- Eso

- Es que tengo un sentimiento de huir, como si fuese prófugo.

- De nuevo, debes de ver que hoy es el momento decisivo si te pones doloroso y chillón no seguimos. Todos tenemos ese compromiso debemos correr el riesgo; ves que hemos recorrido muchos kilómetros por vivir este momento en que tenemos el objetivo muy próximo, los chicos "Bordes" son los polizontes que nos impiden el ingreso, en pleno fin del milenio tenemos derecho del refugio, de todos modos en este territorio gringo viven miles de pueblos de todo el mundo, en un tecno-urbe de millones de seres que quieren dinero, dinero y dinero.

- Eso seremos todos en breve, seres que sólo tienen en su mente dinero y poder, conste que no somos del "negocio de los sueños".

- Eso por lo menos es lo bueno porque los del "negocio de los sueño" viven del dolor de los pueblos, tienen por profesión vender proyectos que nos comprometen.

- Sí, todos dicen ser buenos, pobres y sufridos. Todos se dicen héroes del pueblo, hombres que defienden los "intereses" de los desposeídos, quieren que todos pesemos como ellos, y que votemos por un signo, un color o por nuestros futuro.

- Sí, los únicos héroes en este conflicto son los que no tienen con qué comer en los siguientes meses, los que perdieron su empleo en diciembre, los que no tienen refugio en este mundo, los que piden un mendrugo, un bolillo, los miles de niños que no tienen territorio y los que perdieron su exilio por sus principios.

- Bueno pero todo eso, es un recuerdo viejo, hoy el futuro es ver cómo huimos de los "border boy's" y como nos vemos en el otros territorio... ¿Qué te sucede Tony?

- Es que tengo los pies y los músculos muy duros, me duelen, estos líquidos que corren por este tubo son muy fríos, estoy como un perro de domingo en su duchón del mes.

- Todos tenemos ese frío y mejor quedémonos quietos.

- Ney (Hey Ney, me oyes?)

- ¿No tienen un pitillo?

- ¿Un qué?

- ¿Un Vicero o un Rex?

- No hombre, yo solo tengo estos burritos, unos chuñitos. –Silencio – irrumpió Osmín – déjense de chistes, lo oscuro nos protege, nos protege, nos dividiremos pero iremos de dos en dos y en 7 grupos, con un tiempo de 5 minutos entre unos y otros; yo les digo en que momento le seguimos, ustedes son el primer grupo.

- Tenemos miedo, –dijo Sofi, con un diminuto sentimiento de mujer en peligro –

- Yo sé –dijo Osmín –por eso iremos de dos en dos, el conecte viene pronto, yo iré con el segundo grupo, los hules nos permiten seguir el rumbo del río, tenemos todo listo.

- Hey, me duele todo el cuerpo –se quejo Rubén –

- Y nosotros ¿qué? –replicó Sofi – somos mujeres y nos duele toditito y seguiremos, ¿le ruego que no se queje?, porque todos debemos tener fe en que podemos seguir...

- Sssshhhh –interrumpió Osmín – tengo un control en este momento, el tipo del bote debe venir pronto.

Osmín corrió por su rumbo entre los pequeños montes, en un contexto oscuro, de noche se tiene como un escudo nocturno que protege el cruce entre México y el territorio gringo; pero, los gringos tienen sus detectores nocturnos y sus videos, es como un juego de hombres y mujeres deseosos de no ser pobres versus "los borders boy's" electrónicos. En este juego entre el deseo y los controles, pierden los temerosos.

- Hey Nelson, ¿tienes teléfono?

- Sí Sofi.

- ¡Silencio! Se oye un ruido.

- Hey, los de dentro, soy yo, Osmín, ustedes son el primer grupo, los del otro grupo siguen nuestro rumo, porque nos dividiremos. Nelson en el primero y Sofi y los otros en el segundo, usted señor Gregorio y los otros vienen después de Sofi, ¿listos?

- No, dijo Evelin, tengo miedo y quiero ir un momento después.

- Hoy lo siento Evelin, –dijo Osmín – pero no tenemos tiempo

- Bueno de dos en dos me siguen.

El grupo siguió su rumbo, protegido por lo penumbroso del sitio, unos pequeños botes les sirvieron de puente entre los dos territorios.

El cruce del río se dio sin incidentes y convinieron en dividirse de nuevo, con el objetivo de ir en coche sobre territorio gringo.

Siempre recuerdo ese incidente, hoy comprendo, que el futuro no siempre es de los pobres, ni de los débiles, que los pinches border`s tienen sus trucos y lo recuerdo porque un 25 de diciembre dormí en ese reclusorio con otros como yo, nuestro grupo fue descubierto en territorio gringo, descubrieron nuestros coches y el proyecto terminó; pero no me quejo, hoy soy miembro del "negocio de los sueños" unos dicen que tengo futuro y otros dicen que mi único futuro...es… ¡el cementerio!, en fin, después de ese reclusorio todo es premio ¡¡incluso el cementerio!!

UN MEMO
Destino: Héctor Oquelí

Entre mis documentos poseo ese pequeño informe, lo leo de modo distinto, percibo entre sus renglones imperceptibles series de símbolos secretos.

En México todo es posible, puesto que entre los millones de seres que sobrevivimos en el vientre del D.F. conocernos es un privilegio intenso en este cosmos de 20 millones de entes vivos con cerebros de pósteres y cuentos inéditos, este México con sus vertientes de pobres y ricos, con el nexo heroico de los insurgentes del Norte, y después de todo el México un poco nuestro, un México muy querido y que le debemos mucho…

Hoy vivimos nuestros propios filmes en ese pueblo de "sssssss", entre el smog y el metro de Indios Verdes, con lo sorprendente e irónico de un suplemento dominguero de Excelsior.

Héctor encontró en su escritorio los documentos geopolíticos de Londres, leyó los informes de Lord Snowdown y se preocupó por el futuro del pequeño pueblo en eterno conflicto; telefoneó y comprobó lo verídico del informe, cuyo contenido presintió muy brevemente.

Nos reunimos como siempre y discutimos por unos segundos el futuro, sentimos por un corto tiempo, un insólito sentimiento crítico por ese motivo de comunión entre nosotros, ese sentimiento débil y poderoso que tiene como único objetivo romper el exilio; todos los reunidos tuvimos muchos presentimientos violentos, pero los vencimos por el firme propósito del retorno.

En ese momento reflexivo, el exilio se fue uniendo en nuestros huesos muy lento, lento, se fue imprimiendo de trecho en trecho, de modo que nos fuimos convirtiendo en otros seres diferentes, en seres con piel de México, rostro de México y nuestros hijos como otros, repiten versos del Himno de ese pueblo intenso.

Todo porque tenemos en nuestro destino el sello del refugio político, lejos de nuestro pueblo, todos pedimos refugio, los unos y los otros todos recorremos senderos en que nos precedieron: chilenos, iberos, judíos, porteños, chochos, somos el producto visible de los conflictos civiles en todo el mundo.

Un torbellino de cuentos se imprime en nuestros momentos de coloquios infinitos, el motivo es vernos, es unirnos como cómplices de sueños y destierros, cómplices de exilio y retornos, somos como otros proscriptos que con sollozos públicos recorren desde lejos sitios y reductos; sollozos y chistes que se confunden en los rostros de los exilios; en el kermés bebemos licores de otros sitios, unidos por encuentros-desencuentros en convivíos por filmes, libros y sufrimientos de los que vivimos lejos, muy lejos de nuestros pueblos.

El exilio es lo mismo que un sueño inverso, donde un remoto recuerdo nos dice que existe un territorio nuestro, en el que no podemos vivir.

El exilio nos consume lo mejor, nos consume el derecho de vivir con nuestros seres queridos, entonces sufrimos un poco con otros gemelos sin su pueblo.

De pronto el refugio se vuelve prisión, el exilio emerge de tu piel porque te come por dentro, te vuelve dos veces monstruo, tu rostro con recuerdo de fotos de otros tiempos se vuelve viejo, otros jóvenes tienen tu sitio y tus sueños, otros tienen los mismos objetivos y viven dentro, entonces tus sentimientos te dicen con gritos inclementes que retornes; por un tiempo dices no, pero luego después de verte en el mismo espejo, de oír tus blues rítmicos de los discos selectos y ver los números telefónicos de los seres que viven en ese reducto-pueblo, todo pierde sentido de exilio, todo pierde color de nuevo y por dentro te recorre un ímpetu rebelde y decidido, vuelves y ves los pósteres con los símbolos de tu pueblo, en tu decisión lo que se impone, después de todo, es un poco de fe en que no te toque, en que "tu no eres el siguiente"…

Reunidos en el pequeño sitio níveo del primer piso, en un edifico de 5 pisos, Héctor recordó muchos elementos de nuestro diminuto sueño, por un momento nos sentimos enormes hombres y mujeres en que se dijo: el exilio murió hoy.

Entonces un fuego interno recorre tu ser íntimo, el derecho de retorno lo hubimos de coger con nuestros propios dientes, con nuestros propios proyectos decisivos, con nuestros propios pellejos en el frente de un proyecto de futuro.

Reunidos discutimos un mínimo destino, nos sentimos como otros pueblos sin su pueblo, nos sentimos cómplices del futuro, con mucho temor por el incierto presente, pero muy decididos en volver.

Los recuerdos se confunden entre vértigos oscuros, videos internos que reproducen voces de seres queridos confundidos en besos y el fin del exilio que nos dejo profundos sentimientos por defender lo nuestro.

Nos vimos de nuevo en los viejos sitios, nos vimos en todos los elementos de los refugios y el teléfono fue testigo de nuestros encuentros con este futuro.

Nos vimos de nuevo con Héctor, sintiendo ese incierto sentimiento de desprotección que existe en este territorio de muerte, todos decidimos entre el retorno y el exilio perpetuo, todos tuvimos opción por esto, que se preferible con todo y lo incierto, lo preferimos pues, incluso sobre un destino doloroso.

Hoy releo ese pequeño memo como documento-testimonio, lo leo y brevemente recuerdo todo un pretérito en México donde junto con Héctor y otros decidimos volver, el memo dice entre sus renglones, hechos comunes con un seguro y feliz reencuentro en S.S.

Hoy que el tiempo nos consume y el exilio sólo es un recuerdo de lejos, pienso en Héctor y sus sueños, le veo con nosotros y niego su destino cruel, leo el memo: "nos pertenece un futuro mejor por definición y por principios defenderemos lo que nos corresponde..."

Reflexiono sobre ello y me dispongo como otros en seguir por este sendero, después de todo, todos tenemos fe en un futuro diferente.

Ser Libres

Destino Héctor Oquelí.

Todo tiene un precio, incluso este pequeño proyecto por el pueblo. Reírnos de los riesgos siempre fue un reto del futuro, preferimos entonces reír, entre el enorme peligro de morir sumisos y temerosos, preferimos un momento de opción, de exposición en este sitio de muerte.

Preferimos decir: renuncio del sitio sin riesgo, del refugio seguro, del vino en su punto, del tibio sentimiento en otro pueblo que no es el muestro, de todo eso que tiene sentido, sino se tiene por objetivo un pequeño sueño por el pueblo.

De pronto, uno se decide entre seguir o desistir y tu resuelves porque tienes opción, tienes un privilegio muy propio de pocos, ese es el precio, le decisión en tu rostro en tu misión de futuro.

Debemos ser humildes, romper un exilio, decir "no" desde lejos, es el preludio de un sendero recorrido por miles y miles en este pequeño territorio-pueblo, este pueblo del que nos sentimos muy orgullosos, del que somos solo un pequeño número.

Nos sumergimos en recuerdos, en múltiples espejos de tiempos, en voces y hechos que vivimos junto con Héctor, pretendimos con esto destruir el olvido, como en otros momentos, en un pretérito de México, Londres, Estocolmo, o los bordes de reuniones que siempre presidió Héctor.

Su mención es evidente, con todo lo insólito de vernos en el vientre de S.S. en pleno sol del trópico y en sitios poco ortodoxos en todos esos sitios suponemos verle entre nosotros, con un chiste oportuno, un silencio, un momento del exégesis político y por supuesto los recuerdos de los que viven lejos.

En otro tiempo –dijo Héctor – El Señor Primer Ministro de un reino de hielo, con gestos de protocolo, recibió los respetos de dos hombres con los sueños de un diminuto territorio, ilusiones por un fin del conflicto, vimos su estupor por el proyecto de hombres y mujeres que tienen en su mente un motivo-condición: el futuro de sus hijos.

Héctor refirió que después de todo, tenemos derecho de ver en nuestros sueños un mundo diferente, pero insistió eso tiene un precio.

Los reunidos no comprendimos lo propio de esto, puesto que fue dicho en un pretérito muy remoto en un pueblo de muy lejos, Héctor nos recordó que el Señor Ministro se conmovió por los cuentos, los motivos, lo digno y lo profético de miles de mujeres y hombres que deciden romper su destino impuesto, se estremeció de leer los testimonios de Monseñor, lo mismo que otros hechos conocidos muy lejos, pero desconocidos en este nuestro propio suelo.

En muchos otros pueblos –dijo Héctor – lo cruel de nuestro presente se confunde con videos de Hitler, ellos conocieron los Ghettos, los inclementes crímenes, el odio versus los obreros, el desprecio por los religiosos, todo eso que es un oscuro y remoto vestigio en esos pueblos, nosotros lo vivimos en nuestro presente opresivo-concluyó Héctor.

Los presentes comprendimos con plenitud lo dicho, puesto que los destinos de otros pueblos se unen con nuestros sueños, por eso otros pueblos se conmueven con nuestros sufrimientos, pero esto no fue todo, decididos en volver del exilio, comprendimos que el precio es un costo muy precioso, que nos exige, nos pide el legitimó propósito de vivirlo en nuestro propio cuerpo.

El peso histórico lo recibes como un sentimiento de desprotección, con un gesto firme de seguir siendo fiel por unos sueños imposibles en ellos conoces no pocos que desisten, unos se pierden entre el hierro y el concreto de ilusiones mediocres, pero vos, con tu mujer o solo, en ese sentimiento interno que no miente, te dices que estos sueños de locos poseen el don de ser tu futuro, poseen ese "Don de Gentes" que une destinos en tu misión y como otros que nos precedieron, te dispones en reunir lo que siempre tienes contigo: un libro, un cepillo de dientes, o lo poco que posees, que se mide en breves voces; decides que el precio es el mismo que tienen por destino los muchos, junto con eso pueblo nuestro, eso es todo.

Todos en presente unimos futuro y pretérito. Todos vivimos un intenso vértigo de sucesos y no-sucesos, de este estremecedor mundo que tiene límites de muerte, de terror, que no es un juego, que es un reto interno y que pone en tensión tus sitios de temor, todo ello por tu decisión.

Por un momento temo morir, temo por mis viejos, mis hijos, los seres queridos, el movimiento, temo porque los hijos de Hitler tienen en sus cómputos miles de muertes y nosotros como escudo solo tenemos unos sueños locos, los que repetimos por los viento, esos sueños son los oponentes de sus fusiles, son nuestros juicios, nuestros sueños inofensivos.

Si, es cierto, tengo miedo, temo por un coche oscuro, por gentes de rostros furioso que nos ve desde sitios secretos, temo de morir por los fusiles siniestros que tienen odio por el conocimiento, temo de los que escupen plomos versus obispos, temo por esos seres que inclementes destruyen todo opositor políticos.

Pero…

Luego junto con otros vencemos ese miedo, vencemos el temor de momento en momento, lo vencemos digo y el miedo no tiene sitio, huye pronto, huye con sus vestigios de Hitler, huye con su rostro siniestro y nocturno.

Vencer el miedo es no rendirse por lo difícil del sendero, ni el dudoso y sorpresivo estrépito de su designio-muerte.

Héctor continuó su exposición, nosotros le seguimos con vuestros videos internos, con los humildes propósitos de unos pocos, de seres que deciden su futuro por si mismos; él hizo un breve recuento de los motivos presentes, concluyó entonces con un nítido propósito que nos dio un sentimiento de comunión por el pueblo y nuestro futuro.

Héctor nos dijo que después de todo, el precio por vivir dentro del vientre de este reino de muerte, es el mismo que otros hombres dieron gustosos en otros tiempos, el costo o el precio de este sueño, es un posible y cruel destino entre los cuchillos de Hitler, debemos vencer ese precio, porque el premio se resume en dos voces: SER LIBRES.

Monólogo por Héctor Oquelí

Hemos construido junto con otros un modo diferente de ver el universo. Es entonces el principio del fin impuesto por los opresores. Como ves seguimos en esto, como si fuese hoy el génesis del futuro encuentro con lo nuevo. Trenzo soles que distinguen cielos enormes con tu sueño. Observo un futuro territorio inédito, con enormes vientos de quietud. Reúno pequeños documentos con tu nombre y tus designios Héctor, libros con tus escritos por ejemplo. Olvido por un segundo el odio de los pequeños Hitler. Quise siempre construir el sueño por un mundo feliz. Universos complejos se construyen por un pueblo digno. Elegimos los senderos del peligro. Los mismos que tienen un sitio predicho por el pueblo y por Dios. Invento de rebeldes, o sólo un invento múltiple por este inmenso sueño.

Hubimos de comprender que los principios son siempre muy difíciles.

Entonces pocos tuvimos el privilegio de ser los primeros. Como pudimos y temerosos de lo conocido, nos impusimos sobre temores presentes. Todo fue muy difícil, con dos que tres que no quisieron seguir.

Oigo de noche el viento que reproduce nombres de seres muy queridos. Recuerdo entonces que de noche, terroríficos espectros irrumpen en los dormitorios obreros. Oigo de nuevo voces de olvido, los sonidos inclementes de verdugos furiosos. Querer un mundo diferente, tiene crueles destinos. Unimos fe y esfuerzo. Es que el futuro se une sin discusión en los que no se rinden por el temor de los fusiles. Listos entonces, emprendimos el enorme esfuerzo por destruir los muros opresivos. Inmersos en eso, el sol se posó en nuestros hombros, como fiel testigo de un proyecto tuyo y nuestro.

Hubo que tener un principio rector, hubo que ser opositor de los discípulos de Hitler, hubo que romper el odio y el temor, en eso tú siempre diste el ejemplo, Héctor.

El símbolo en nuestro pecho, siempre fue detener el odio de los hijos de Hitler, son ellos los dueños de este microterritorio. Con el poder vigente de los que tienen el don del tiempo, dispusimos reconstruir el sueño por un pueblo libre. Tiempo hubo en que creímos que los violentos métodos de hitlerismos criollos sólo fueron un pretérito confuso y de olvido. Ocurrió que no, que ellos tienen en sus íntimos sentimientos un profundo odio por el pueblo, y creyeron destruirte, creyeron los pequeños seres deformes que tu fin, es el fin de un sueño, pobres seres monstruosos, pobres podridos hitleritos. Resurge con ellos el crudo video de un pueblo sumergido en odio, sometidos con fusiles, los humildes son perseguidos, los pobres mueren en sitios tenebrosos, los Ministros de Dios son consumidos por el fuego de verdugos inclementes, reproducimos en nosotros mismos el sentimiento de vivir en un enorme Ghetto. Odio, es el signo de un demonio impune, odio sediento de los justos y los pobres, odio que tiene su reino en este diminuto-territorio, ¡te conjuro, en nombre del Dios Vivo! –Dije – en nombre de los millones que sufrimos tu violento destino de muerte, ¡vete!, ¡vete! ¡Tú eres el demonio del poder, el Becerro de Oro de los perjuros!, ¡tu eres el que tiene miles de posesos con rostros violentos y sed de crímenes!, ¡tu demonio impune bebes el crúor de los pobres!, ¡tienen el dolor de los perseguidos el sentimiento de los niños sin futuro! Que nuestro dolor es tu sustento, que te nutren de nuestro sufrimiento, demonio de odio, nosotros, en múltiples coro de voces, descubrimos tu vil sustento. Unidos por un futuro digno, seguimos en lid versus este monstruo que engulle pobres y justos. Es un momento difícil, un segundo que presiente destinos crueles, pero lo preferimos puesto que el precio por un futuro digno, tiene un precio enorme; todo por el designio de otro orden y otro futuro. Lo mismo es hoy que en tiempo remotos, donde hombres y mujeres se unen con el propósito de destruir los muros que seres deformes construyeron con fines tétricos, fines de vernos sumisos y siervos. Imprimo entonces pequeños signos de fe, signos que presienten un rito de devoción y de no seguir en lo mismo, porque no deseo morir sumiso y menos en el vientre de ese demonio odioso terrorífico.

Hoy que el mundo se sorprende con tu muerte, Héctor Oquelí, con ese insólito crimen que nos conmueve en extremo, hoy mismo pues, que todos sentimos ese intenso dolor por ti, Héctor, hoy que un profundo sentimiento nos une con este pueblo querido, hoy, Héctor, te digo que seguiremos con tus sueños en nuestros sueños, y hoy en este mismo sitio donde existen hombres lobos que beben el crúor de los justos, te digo que seguiremos construyendo un territorio-pueblo sin verdugos nocturnos, donde decir "soy libre" no se predique entre leves susurros, sino con poderoso estruendo: "soy Libre" y quiero con ello vivir con mi pueblo. Estoy en este mismo sitio Héctor, decidido en seguir por lo dicho.

Como siempre, insistimos en esto, sin reposo, sin indecisiones con un sólo y sencillo propósito. Héctor, el mismo por el que tú viviste. Tenemos después de todo un compromiso contigo, porque este mínimo sueño, débil y pequeñito no debe perderse, seguiremos en ello.

Otros jóvenes tienen los mismos objetivos y juntos, los que te quisimos y te queremos en este proyecto por el pueblo, seguiremos. Recuerdo miles de sucesos, miles de elementos, todos concluyentes entre impresos y video internos, entre sonidos de un tiempo confuso…

Ordeno mi mente y veo que existen miles de proyectos con el tuyo, Héctor, como un punto de seres luminosos, que se nutren de tus principios. Quiero decirte, después de todo, como en otros momentos, que seguiremos en lo dicho, siempre en lo dicho. Un universo me consume entre posibles e imposibles, en impotentes rezos y rebeldes voces por lo injusto de tu destino.

Estoy dispuesto, como muchos otros, listo en seguir el sendero de los hombres libres y sus destinos venturosos. Libres seremos, Héctor y vos tenés un sitio por siempre con nosotros. Iremos entonces juntos, como en otros tiempos, juntos Héctor, con los sueños por derrotero y en ello lo inmenso de un pueblo que te quiere, Héctor Oquelí.

En ese momento, el dolor en nosotros se hizo evidente.

Llegué como los otros, inmerso en los sucesos imprevistos de este conflicto, los noticieros repiten tu nombre, como si fuese serie de un evento, luego no se puede creer lo que se oye, entonces sientes un estridente sentimiento de crimen y confusión.

El teléfono es impotente de contener los miles de seres que quieren decir lo que conocemos, de todo el mundo se reciben signos de dolor, signos ilegibles, el mundo tiene sus ojos en nosotros llenos de estupor.

Entonces invoco.

Entonces no concilio el presente con el futuro.

Resisto creer lo sucesos.

Niego todo.

Por un segundo tengo fe que este suceso es ficticio.

Pero los siguientes momentos tienen un vértigo que destruye los mínimos contenidos de lo imposible, en ellos morimos contigo y de seguro todo un proyecto que construimos entre pocos.

Luego viene un silencio interior donde los recuerdos corren sin tiempo, los relojes detienen su curso en un minuto presentido, un presentido encuentro en que morir no es todo, los segundos se convierten en siglos, los siglos tienen piel de jóvenes que se resisten en creer todo este suceso, y vos con todo el dolor que es posible en tu pecho, tienes un sentimiento impotente.

Luego vimos tu rostro en un sitio fúnebre.

Qué triste es ver el fuego que se consume en los cirios.

Luz que detiene lo oscuro, precede con su movimiento un discurso vivo.

El color de tu rostro tiene un tono diferente y todos te vemos en un círculo etéreo que no se detiene en lo concreto, nos vemos en tu entorno, creyendo que con ello tu vives un poco entre nosotros.

El luto presente tiene sellos definitivos, pero existen pequeñísimos destellos en que creemos verte de nuevo, por ejemplo en los momentos que discutimos de nuevo el futuro, somos ciegos en el destino sin ti.

Veo mi reloj, lo veo por verlo, es que el tiempo no detiene el tiempo, sus pequeños instrumentos siguen su ritmo, yo quiero detenerlo y lo encierro en mi bolsillo.

En ese sitio fúnebre, voces de dolor se confunden intermitentes, besos que tienen intención de repudio por los siniestros hombres de Belcebú, el reposo no existe, febrilmente de sitio en sitio volvemos sobre un recorrido en tiempo, nos vemos y el sonido de nuestros espíritus no emerge, el silencio se impone y juntos nos vemos en un encuentro con nosotros mismos.

Los cirios no detienen su fulgor de movimiento perpetuo, se extinguen, el cielo no tiene un solo elemento oscuro, pero nosotros lo vemos sin luz, muy triste, sin sentido, el cielo detiene nuestro tiempo, ni el horizonte del mundo conoce nuestro dolor.

Reunidos los pocos, un último recorrido nos permite comprender que nuestros sitios de vivir o morir, son como distintivos que debemos tener presentes, porque con ellos tenemos un recuerdo con todos.

El tiempo sigue.

Nosotros seguimos en el cortejo, los cipreses contienen infinitos sentimientos como el nuestros, el olor del ciprés es un tenue quejido de los dolientes, en el sitio de reposo vemos: flores, tiempos, recuerdos, fotos, videos, voces, niños, horizontes que de golpe son destruidos y el cementerio se ve precedido de símbolos vivos.

Seguir en esto, seguir en lo dicho, seguir y seguir.

Resistir.

Y los hombres del secuestro-delictivo, con un oficio fúnebre cumplen su rito de volvernos envueltos en féretros, los hombres del secuestro nos impiden vivir, como un juez de muerte imponente.

El horizonte del piso herido por los hombres de luto, describe su interior y tu mueres un poco en momentos como éste.

Precedidos por el tiempo, vemos cómo se pierde en ese horizonte de submundos, otros horizontes de nuestros destinos, perdemos como ciegos otro modo de ver el universo y luego, todo es quietud, todo es silencio, porque en lentos despidos nos fuimos por nuestro rumbo, en un regreso impotente, gris, un retorno muy lento, sin tiempo.

El proyecto se muere contigo y con nosotros.

Sin ti el movimiento no tiene un hombre con que sustituirle.

Hoy te veo de nuevo en el féretro que quiere contener tu cuerpo, veo ese injusto destino que quiere destruirte, veo el dolor de los seres queridos, los cirios, los confusos encuentros de los que se perciben lejos de esto, no se puede creer, no se puede comprender lo vertiginosos de este hecho incomprensible, horrendo suceso que nos conmueve y como ese suceso vemos miles de miles, ¿es qué existen seres que viven de nuestro dolor?

Pero de pronto recuerdo México, un momento en el Centro de Estudios, los coloquios sobre el proyecto pueblo, los eventos con Don Gregorio Selser, un encuentro en inglés con Lord Snowdown con sus coches que tienen el signo de CD, y su pedir perdón por 5 minutos de no ser precisos en el D.F.; luego el micromundo del exilio donde en diciembre bebimos vino en recuerdo de todos, el vino dulce con otro gusto, porque lejos se vive de recuerdos y el retorno es obsesión.

Es obsesión ese objetivo recurrente de vivir en este pueblo querido.

Muy pocos vimos el momento del retorno del exilio, si uno tiene principios legítimos, no se puede por mucho tiempo vivir lejos del pueblo-origen, este pueblo tiene signos dignos, por los que nos sentimos orgullosos, porque creemos ser útiles en este proyecto rebelde.

El cortejo se pierde, yo lloro con mi mujer por los recuerdos, lloro en silencio como los pobres, como los obreros, como los prisioneros políticos, pero decidimos seguir porque no podemos ser de otro modo.

Seguiremos tu ejemplo, después de todo tu sueño es el nuestro.

Hoy veo mi reloj de nuevos, sus números me dicen 12.01.91; 12 meses después y yo creo que solo fueron minutos, decido volver su tiempo y poner un número inferior de 90, entonces lo tiro lejos, es mejor seguir nuestro sueño.

Y Ernesto sonrió feliz de vivir en un limbo sin tiempo.

Terminé mi folio de éste texto, el discurso fue extenso, no pude escribir menos, fue imposible, fueron unos minutos en mi voz con símbolos y tu foto con rostro perfecto, en ese hecho histórico con designio inconsciente, que le dio un vivo propósito de intención; "hoy" todo el mundo con o sin permiso decide tu juicio...

El filme se imprimió como video, con sus cortes, colores, tonos, close-up, un pequeño documento que te refiere en precisión, en sucinto ímpetu de prisión de mutuo reducto.

El filme te encontró en silencio, con tu frío y oportuno incentivo por el futuro, te vi en ese filme multicolor, en edición con límite de cuerpo, en un producto de hechos históricos, con el fervor seductor de nuestros momentos oscuros, entonces el filme de lentos inventos nuestros, lo imprimí en ese momento, esperé mucho por él, puesto que el mundo se lo merece y tu conoces su contenido.

Pero este momento nocturno en tu receptor F.M., mi voz en público, con mis oyentes prestos, diré tu nombre.

En ese breve momento en los minutos con título: "p.m.", recorrimos con jóvenes gritos todo el cosmos de mi pueblo, en sorprendente testimonio de lid versus el momento de opresión, con descuido y sin previsión. Luego un público sin decisión nos observó desde lejos, nuestro pleno y juvenil deseo nos unió en predicción de intrepidez en insolente signo. Dijimos miles de veces ¡no!, millones repiten ¡no!, y luego "u", "u", "u", "uuuu", en pleno sol, en pleno trópico, entonces voy contigo en esto que es de muchos, el sol es nuestro; si bien he unido mi visión de momento con esto, el mundo me une en este segundo.

Esto es omisión de "prehoy", esto es irse por un severo sendero de voces rebeldes, somos los menores de ciertos ciclos, somos el remojo de lo bello en sonido rock, somos todos un viento del Sur, el legítimo y genuino tiempo impreso en nuestros rostros, con el pelo sobre nuestros cuellos jóvenes, un trópico legible, provisión de sueños bellos, con discreción juvenil.

Voy en voces, voy expuesto, sin ningún temor, voy pleno en unión de sonidos, somos muchos, muchos.

He entrevisto mi futuro, lo observo desde mi intuición, he visto tu cuerpo hermoso en mi lecho.

Te he visto surgir entre mis besos, con humilde reproche, he consentido tu olor en mi piel, tu molde de mujer, el propósito íntimo entre vos y yo, entonces fuimos el experimento de los dioses, Eros y Mercurio, Venus y Zeus, vos en delicioso hechizo, con tu borde de mujer, con tu joven y legítimo tilde sin compromisos; dirigiste tu visión sobre mi cuerpo, yo dibuje tu rostro con mis besos, les di tu modo, tu ritmo, te fui uniendo en mi destino intrépido, te fui instruyendo como mi tormento solo mío, mi destino joven en tu ser de mujer, fue como nosotros: "sin condición".

Pero de tu ser interno que llevo en mi pecho, que robé entre furtivos besos sin olvido, de ese melódico frenesí juvenil, tomé tu verbo, y supliqué porque el filme siempre nos conserve unidos, sin nexo con los viejo ciclos.

Esto no es sólo un elogio rebelde, sino un edicto de fe ente voz y yo, por un futuro luminoso, donde miles de voces se nos unen en el mismo tono, ritmo y silencio, ¡entonces ese es nuestro profundo proyecto inédito!

Puedo morir en un segundo, en este segundo porque soy muy pequeño, puedo morir por ti, con el silencio entre los dos.

No tengo mucho que perder, mis pequeños juguetes, los discos, el sonido impreso, los vidrios que ven mi pueblo y un loco deseo por ser uno entre los jóvenes que son destino: "únicos".

Soy opuesto, soy misión de lo nuevo, con un solo fin, un mundo mejor, voy con otros, con mis puños dirigidos sobre el cielo y estoy lleno de fe, tengo fe, en que es posible lo imposible.

El público nos ve, el sol, el rostro que es un sueño por otro destino, mis horrorosos versos en un diminuto texto por vos.

Sí, eso si, loco por vos, pero loco, loco, loco.

Con nuestros sonidos jóvenes, somos "u", sobre ese rumbo norte, fuimos contención del universo viejo, somos multitud y somos vos y yo.

De pronto el cielo es sospechosos, un vehículo de vuelo nos ve, ese vehículo nos sigue, es un ser que es un ojo de otros ojos, nuestro ritmo y voces en decidido esfuerzo se ven en receptores de muy lejos.

Luego nos fuimos por el ISSS, justo en el puente en el Doble Nivel, un múltiple destello de proyectiles nos imprimió en póster de muros , nos unió con sueños y signos en ese sitio del ISSS, nos metió en un eterno destino de recuerdos, ese muro y el Doble Nivel nos conmovió el Cosmos.

Yo te vi en ese sitio, con tus discos y pósteres, con tu pelo suelto, con los discos Doors, con tu voz con otro sonido y el destino nos envolvió de un violento fin, un enloquecedor miedo de muerte nos estrujó, yo te vi, vos te fuiste sin comienzo ni término, por ese contexto de breve sugestión, en ese íntimo vértigo de mucho tiempo perdido.

Humo de proyectiles, violentos conjuros, sortilegios de Herodes, hechizos de seres grotescos versus nuestros sonidos rock, versus el suelo de un mundo mejor.

Entonces el texto impreso vuelve sobre tu silencio, entonces el filme en tu cerebro es un escondido destello de otro tiempo, un testigo, ¡tu!, ileso de ese cuento ves éste video , un pequeño video con muchos ciclos de "prehoy", lo vez entre estos símbolos, con ese infinito mundo de tu mente y de seguro lo sientes en F.M.; en presente, oyes mi voz y vuelves en tu dimensión de color, vuelves en este momento sobre tu sitio destino, vuelve oriundo de ese muro del ISSS, ileso, pero existe un muro frente del ISSS, existe ese recuerdo y mi principio juvenil te conduce en un viento en retorno.

Hoy invoqué un sonido en F.M. un folio, un video, un impreso, el universo, hoy edité un destino, ese fue en un momento mi futuro, hoy lo leeremos todos, vos y yo.

Todo por... "el poder de edición".

John Lennon: epílogo de luz en el Necronomicón

- Después de dos decenios me veo de reojo en el espejo y recuerdo míticos sitios, estoy viviendo en muchísimos sitios–sonidos; She love You, Love me do, I feel fine, Ticket to ride, Help, Hey Jude, Let it be, Come together…
- Si John eso es un rock del olvido, pocos lo conocen hoy.
- Je, je, sí de seguro me estoy envejeciendo muchísimo, sobrevivo por un símbolo de ritos sónicos.
- Sólo produces sonidos.
- Si eso fue un tributo en el cosmos, un video de niños (child of vision).
- Nosotros tenemos nuevos sonidos.
- Tienen derecho, y no deben pedir permiso..los jóvenes deben ejercer su libre criterio. En mi mente veo fotos del conflicto del sudeste del mundo, el Mekong lo recuerdo como el sonido de Power to the people, los movimientos de New York, todo el movimiento Hippie y por supuesto un recuerdo pésimo de Mr. R. Nixon.
- Nosotros siempre creímos, que eso es un mero instrumento del imperio, es un objetivo el someternos con el rock.
- Mis sonidos no tuvieron ni un solo bemol de sometimiento, ni intenciones de imperios, yo sólo interpreté lo que mi intuición me indicó, después del segundo conflicto bélico europeo, el mundo necesitó nuevos sonidos.
- Pero el rock es un recurso que somete pueblos enteros, es un instrumento de los intrusos, con eso nos embrutecen.
- ¡Oh!, un sonido es un cosmos, un universo, y es lo mismo en Burgos, que en Tokio, Berlín o Moscú, ¿ves?, los soviéticos, tienen rock ruso, el rock es rock y es rebelde.
- No, es un producto estéril del modelo económico.
- Bueno, yo siempre he preferido producir un sonido que producir un muerto.

John Lennon tomó su Requinto, se sumió en los ritmos rock y sus dibujos, sus fotos con impresión póster, el estudio con sus micrófonos dispuestos, escuchó breves impresos de cierto susurro melódico, John siguió en torno de su silencio, se pudo percibir un breve pero en distorsión chillido de su Requinto eléctrico, proyectó en su video-dimensión un sitio en el conflicto civil de nuestro pueblo, recorrió ciclos en ciclos los momentos de un decenio horroroso, su video-dimensión proyectó increíbles segundos de un sufrido pueblo, todo sin motivo censor se imprimió, puesto que eso es posible desde el futuro.

Se que un mundo de hippies sucumbió, lo mismo un mundo de flores, de pelo sobre el cuello, de movimiento por un mundo no bélico que fue nuestro derrotero, ese fue nuestro objetivo y en ello nuestros sonidos.

No todo fue dinero, el dinero no hizo el sonido, nosotros hicimos el ritmo primero, el sonido soy yo –pensó John–.

El video proyectó los horrorosos momentos del ejército en conflicto, luego terribles fotos de un ejército que irrumpe en nuestro territorio, sus demonios de color verde, cometen delitos horrendos en niños, sus purulentos cuerpos son pestes y miles de istmeños nos volvemos un solo hombre diciendo "go home".

En nuestro propio suelo, ellos son cómplices de muchos crímenes, les hemos visto en todo sitio, son testimonios de muerte.

Soy rock, pero no soy imperio –dijo John– sus ojos se hicieron muy tristes, su requinto entonó un blues lento.

John tomó un libro del futuro, en dicho texto el sol es un momento oscuro, el tiempo se pierde en un nebuloso círculo de múltiples segundos, puede ser hoy o "prehoy", puede ser "posthoy" o tu siguiente gestión; en el dorso de ese libro con símbolos de oriente, se lee: "NECRONOMICÓN", en ese texto lee su nombre, su propio yo, en presente...

John vio su íntimo como reunión de símbolos, todo el universo de Jorge Luis Borges, vio el orden de los dueños del fuego versus los genios del frío, leyó un segmento del istmo, ubicó entonces sus símbolos en un "Sitio Olvido de Cerén", donde el códice fue escondido, en ese documento, se funden voces y sonidos, preibéricos con proyectos del futuro, el nexo entre Egipto y los hombres de Río Bek, los míticos hombres de reino de Tule, ese texto es el signo de los tiempos.

John continuó en lento discurso interno, el "Necronomicón" como video propio, se proyectó sobre su mente, vio como los teósofos obtuvieron ese texto de H.P.B. y que H.P.L. divulgó, pero todo sucedió en nuestro territorio, todo sucedió en nuestro tiempo y este sitio que conoces, en tu propio íntimo con origen de Popol Vuh.

Entonces John continuó leyendo en el libro "Necronomicón": "ellos sólo son ellos, esto no significó mucho rumor de voces de remotos movimientos, puesto que todos son hombres del fuego, todos son luminosos luceros, los dioses menores les rinden tributo, su propio cuerpo es templo". Fue en el Epílogo del "Necronomicón" donde encontró su foto en impresión, entonces... sonrió...

John entonó los viejos ritmos en inglés, se sintió un poco viejo, pero siguió con el mismo furor estridente, en cierto momento tomó el Códice de Cerén y recordó sus sueños de un mundo nuevo, sin imperios, sin religión, sin gentiles hombres (soldier fortune), sin corzos por el dinero, sin niños en el olvido, en fin, un mundo como suelen ser mis mundos sónicos –se dijo– y continuó desde New Cork.

Con Yoko Ono vemos muchos niños pipiles, son como los Vietniños, que vivieron el horror del conflicto, pero el rock les dio un sitio de refugio, desde New York, Tokio y México se protestó por los vuelos de muerte sobre el pueblo Viethéroe, hoy el mundo ve nuestros niños, hoy otros niños son producto del decenio terrible, entonces decidimos rendir un tributo por los niños pipiles, entonces formé en Londres un concierto rock por el fin del conflicto –concluyó John–.

Tiempo después, un enorme concierto se inicio en el momento que John y Lou Reed dijeron: "los niños pipiles son nuestros niños", un enorme eco de voces en todo el mundo respondió "Yes" y el concierto inició.

John Lennon en medio de ese concierto tomó el micrófono, pidió un minuto de silencio por los pipiles: "ustedes somos nosotros, nosotros somos ustedes", en los videos enormes del concierto rock, emergieron rostros de niños de nuestros pueblos, niños con sus juegos, niños que cubren sus pies en los senderos llenos de polvo, niños que ríen, como los niños ingleses o los de New York.

El rock cobró su sitio, John Lennon lloró junto con sus otros roqueros como B.B. King, por el mismo motivo, eso sólo sucede, en momentos que los pueblos del mundo reconocen que existe un diminuto sitio, donde vivir es un privilegio.

- Clik, Clik, –Lennon presionó el botón de cierre y el video concluyó.
- Oh, eso sólo es un cuento John. Tú debes ser el primero en conocer que el rock es un instrumento del imperio.
- Los pueblos del mundo no tienen límites.
- Si, pero ese léxico inglés nos destruye.
- Bueno, uno debe conocer el verbo del imperio, solo con eso podremos conocer su visión del mundo.
- Si, pero, pero…

John no emitió otro sonido, tomó de nuevo su Requinto, vio los símbolos del "Necronomicón" y su voz entonó un ritmo dulce, un conjunto sónico de viejos milenios que sólo los místicos conocen, de nuevo produjo un concierto rock y se perdió entre esos sonidos.

Se fue consumiendo en ese video y su voz dijo en su último segundo sonoro: "yo sólo sé producir sonidos…"

En el estudio de video-dimensión, se dejó oír un destello de un Do Sostenido que hizo eco en otros instrumentos, un tiempo después el video-dimensión concluyó con el retorno de los súbditos del imperio en vencimiento, en sus jets sin motor visible, en silencio por un pueblo enorme…el pueblo sin nombre, un sitio donde todos se sienten orgullosos de ser guerreros y donde es un privilegio....vivir...

John se observó en último segundo del video-dimensión, recordó breves segmentos de su condición libre de espíritu y justo entre los seres que tienen condición de esfuerzo por los pobres entre los pobres, vio que después de todo el epílogo de luz del Necronomicón dice: Proverbios IV 18 y Hechos 26, 16, tu, eres elegido entre miles.. como testigo de un reino posible con tu nombre: luego John firmó un LP en New York...

y sus sonidos de Love de su CD The Collection irrumpieron en su video interno. *"Love is feeling...."* *"Love is you"*..

Un pobre consuelo

Con mis bluyines desteñidos, recorro el centro de este microurbe, veo los efectos del conflicto civil en todo los sitios, los niños sufren los efectos en un primer momento, los viejos en sus exilios internos remuerden en silencio tiempos mejores, los jóvenes por su rumbo son los últimos seres legítimos de este contexto, los jóvenes se pierden con sus chicles gomosos, chicles de colores, olorosos y con prototipos gringos, ellos sufren lo mismo en este pueblo en eterno conflicto, les veo por los cintillos de petróleo, con sus receptores en FM en sus oídos, ellos tienen un perpetuo sentimiento de prófugos de este derruido sitio de conflicto.

Llevo en mis bolsillos un pincel de color rojo y tengo deseos de encender ese color en todos los muros de este pueblo, quiero escribir símbolos prohibidos sobre los reductos políticos, quiero tener ese recurso que tiene límites con lo místico y lo insurgente.

Escribir un enorme signo de fe en un Tempo sin Dios, en un muro obrero: ¡El rock es tuyo!; en los recintos de privilegio del conocimiento: ¡Los locos son los mejores!; en los centros de los milicos; ¡Un fusil es el espejo de muerte!; en un bus: ¡Señores... Hussein es el crimen de oriente!; en un prostíbulo: ¡De ustedes es el reino de Dios!; en un comedor de Lolotique: ¡fuimos testigos de un crimen!; en un WC de Metrocentro: ¡Después de nosotros el ecocidio es posible!; en el puerto de helicóptero HUEY: ¡los fusiles del ejército son el sepulcro de los hombres libres!; en los territorios rebeldes: ¡el mejor momento ofensivo, es el de nuestros sexos!; en el cielo de S.S.: "Hussein es un huevo infiel"; en el corsé de mi mujer: ¡juro que soy el primero!; en el vestido de domingo de Loren: "Este vestido es mi testigo"; en un ticket de bus: "40 ó 60 solo es lo mismo después de muertos"; en un bisturí del médico ginecólogo: "solo unos centímetros son el privilegio de los hombres"; en los tenis de John Lennon: ¡el mundo tiene este nivel contigo!; en un folio de elecciones: "necesito empleo pronto"; en el Códice de Cerén: ¡P. Sheet nos debes los informes"; en el último coche sin petróleo: ¡hoy el destino nos une con el cielo!; en los bluyines de Jesucristo: ¡Benneton!; en el vergel del presidente: "El tiempo no es eterno"; en el Blvd. de Los Héroes (11.27 p.m.) : Esto es crisis; en el cine: "solo un besito siii"; en el único motel en servicio el 1 de enero: ¿tiene videos nuevos?; en TV en frente de los miles de frentes: ¡los únicos héroes de este pueblo son los niños!; en el coche de mi viejo: yo fui pedido desde el fierro de este viejo VW; en los comics de domingo: "Trucutú es útu curt" y "Dick Treicy sigue perdido por los libros perdidos"; en el video de los Tortugos Ninyos: "¿Ustedes creen en un mundo libre de comics?; en el bikini de Rocio: ¡El siguiente es mi hijo!; en el misil número 123321: "todo lo que sube tiene que...”; en el Disc C, de Pink FLoyd : “los muros no solo son de Berlín”; en el Civic: P.124-110 : “te sigo queriendo primor”; en el gremio obrero del periódico: “queremos sueldo en USD”; en el sitio de empeño: “vengo por lo que es mío”; en el libro de Bobby: “to find the right niche for oneself”; pero en el de Helen: “MMMMM”; en los ojos del perro: “me veo en ti y creo que soy yo”; en el fusil de los que mueren por sus principios: “”todos tenemos derecho de creer en ese otro mundo”; en tu piel de mujer: “soy tu rey”; en el TN en el mero centro: “Esto no es un hotel de lujo”; en tu periódico íntimo: “no se olvide de sus ciclos, no quiero tener sustotes...grrr”; en el bolso de tus chicles: “tengo un misil chicloso”; en el muro del zoológico: “chepetoño es un mono”; en el concierto rock imposible: “existen seres que no tienen sentido de los sonidos”; en el Jumbo del Presidente: “Sr. Presidente, su voto por este pueblo tiene un sentido histórico”; en el desierto que divide los ejércitos: “este desierto es un pobre consuelo”; en el edificio ONU: “ you need love brothers”; en los muros del recinto gringo: “Stop the bomb”; en mi reloj de puño: “los superhéroes tienen rostros de hombres o mujeres como nosotros”; en el monumento jesuítico: “el mejor tributo es el esfuerzo por ser como ustedes”; donde reside el óseo cuerpo de Monseñor Romero: “después de ti, morir no es estéril”; donde residen los restos de Roque D.: “esto sigue siendo un crimen”; en el recinto de estudios “U” José Simeón C. : “este tiempo no es el tiempo de los filósofos”; en un pósteres de los Rolling Stones: “un concierto rock, es otro modo de versos libres”; en el centro de estudios místicos: “Mdme. Rostov siempre conoció nuestro futuro”; en el libro de los Teotl: “tengo por misión el decirles los secretos del universo”; en el cuerpo de Britney: “solo este momento es suficiente”; en el reverso del boletín político: “mi voto no es por ustedes”; en el jet de muerte que tiene objetivos neutrónicos: “los niños nos preceden en todo”; en el video clips de los 2020: “esto es un vicio de colores”; en el humo del cerillo: “no puedo detener tu destino”; en el LP de Miguel Ríos: “S. Stereo es diferente”; en el último segundo de vivir en este sitio: “estoy listo, siempre he sido un piloto de misiles vivos”.

Toco mi pincel en el fondo del bolsillo, voy por los sitios conocidos, veo muchos hombres de uniforme, les veo el rostro de colores, todos son idénticos; el bus es detenido de improviso: “Todos los hombres en este muro” –dicen- y ustedes mujeres: “en el otro”, me coloco entre todos y un tipo de uniforme me dice ¡ese de bluyines en este sitio!, voy con mi pincel en el fondo de mi bolsillo, siento como si fuese un delito tenerlo, ellos me dicen:

-	muy lento muestre el fondo de su bolsillo…

Les mostré mi peine, mis documentos, el documento de crédito "express", el gold intern y mi pincel de color, ellos lo vieron y sorprendidos se rieron entre ellos.

En ese momento creí que tener un pincel es lo mismo que ser guerrillero.

El jefe de ellos me dijo: "¿Vos fuiste el que puso bigotes sobre el rostro de mi jefe?..",

- Si y qué.

- ¿Vos fuiste el que pinto el vehículo del 1er. Regimiento?

- Si.

- Hoy si, pendejo, tu turno llegó... ¡fusílenlo!

- Un tronido peor que el del Golfo Pérsico se dejó oír.

Y el pincel dibujó en el libro: un film de comics, donde emergiendo del texto, el escritorzuelo huye del cuento y sus ojos se vuelven los del lector.

Ssshhh, Nosotros no somos un cuento

Tu nombre miles de veces repetido, tiene todo el contenido de viejos recuerdos y hoy son sitios perdidos por los post-estudios de tu profesión, ¿no Ivonne?... Pero fue en ese otro pueblo europeo, donde no bebiste pulques por güisquis en los límites sólo predichos por Rodino, en los momentos en que por tu propio destino, te tocó discutir con "les flits" por nuestros desvelos de 5 noches, hoy te recuerdo en ese enorme e histórico sitio de Louvre, donde nos vimos como si estuviésemos comiendo "curtido y chuco" en el mismo sitio mítico del Modelo y no somos pocos, somos 5 millones y nos vemos en el Metro de Louvre, ¡por Dios!, esto es un hechizo. Sí Ivonne, sí, el mismo sonsonete: el exilio.

- ¿Vienes de Londres, Boris?

- Bueno, esto de vivir en occidente es un lujo, nos vemos por todos los sitios de este pequeño mundo, y pronto seremos otros hombres o mujeres entre los miles con el nombre: CE con sus luceritos en círculo..

- No creí verte en este sitio.

- Yo, menos.

- Y tus estudios.

- Si, termine mis estudios soy Médico.

- Te felicito Ivonne, te recuerdo en S.S., te veo en el pregénesis del conflicto, y nuestros encuentros en el "O.K."; nos vimos mucho tiempo por medio de telecorreos, todo en el mejor estilo de los KGB o FBI, eso fue muy cómico, hemos sobrevivido un decenio y medio.

Ivonne en el lecho del Hotel Le Prokofiev Citroen, hizo un gesto de descuido que recordó el estridente estilo femenino de Yesmine Heyworth, vio por entre los vidrios los céspedes verdes europeos y luego el silencio se hizo presente.

Creo que nos ven desde lejos –reflexionó Ivonne–

- ¿En este sitio?, ¿ni los del FBI?

- Siento unos ojos lujuriosos sobre mi cuerpo desnudo, te repito.

- Es tu psicosis Ivonne, ven.

- No, no quiero
  (Si, Boris impone tu condición de hombre).

- Oíste eso

- ¿Qué?

- Dijeron, impone tú…

(Boris, procede como lo que eres)

- De nuevo.

- Sí, oí un leve sonido y tengo ese presentimiento de visión en mi, desde lejos.

(¿Cómo pueden oírme esos seres si yo estoy muy lejos de su sexy-encuentro, en el borde del periódico?).

- Ves, Boris, te dije que nos ven, yo no sigo con esto.

- Sí, tenemos que vestirnos, esto es el colmo, ni en estos sitios podemos vivir sin ser vistos por miles de ojos.

(Creo que me he entrometido, en ese encuentro sexy-seducción de dos seres que después de todo tienen derecho, ¿pero cómo pudieron oírme?, ¿si ellos sólo son dos seres de periódicos?, ¿esto no es lógico?).

- Boris, Boris,

- Sí, Ivonne, estoy en este sitio,

- Crees que es propio, el vernos hoy en este sitio, puesto que se supone que todo dio inicio en el Metro de Louvre.

- Sí, pero somos libres, muy libres de construir nuestro universo en el sentido que deseemos.

- Pero Ivonne, eso de un Hotel y luego vernos en un Ruedo de Toreo, es muy loco.

(Sí, es muy loco, no tiene ni un solo pelo de cuerdo, solo Uds. Pueden creer que yo seguiré leyendo este ridículo cuento).

- Oyes Boris, tenemos de nuevo el susodicho lector hipercrítico.

- Oh, Ivonne, si seguimos en esto de seguro, él, ese que se entromete puede decirnos otros elementos muy propios de su enojo.

- Que los eche.

- Pero Ivonne, debemos seguir con el cuento.

- Bueno, seguimos en el Ruedo de Toreo, ¿no ves los tendidos?, ¿no te ves en ese ruedo con tus luces en el pecho?

(Estos si, que no, primero con un encuentro cursi en el Metro de Louvre, luego con un sexy-encuentro que no tuvo término, hoy, con un torneo que ni conocemos en este nuestro pueblo en conflicto civil, son locos estos, ¿Cómo dicen…?)

- Ivonne y Boris.

(Sí Ivonne y Boris, ¿Eh? ¿Quién dijo eso?

- Nosotros, los del cuento.

(Pero si Uds. No existen, solo son dos seres de juguetes impresos en este periódico).

- ¿Sí, quieres verlo tú mismo?

(Siii…solo es un juego, un juego tonto, bobos estos…)

- Ven, ves ese ruedo, donde el sol es pleno, donde miles de seres quieren verte, ven…

- Si voy.

Un toro negro emerge con un tropel furioso, el público ruge de emoción, yo tomo mi sitio en el centro del ruedo, oigo sus bufidos y su ímpetu de demonio, el toro embiste con todo, desvío mi cuerpo de ese ser furibundo, soy un torero pleno, siento el rigor del esfuerzo, sudo y doy unos breves giros con todo mis instrumentos de torero; el todo se detiene unos breves segundos y me reconoce desde lejos, hiere fuertemente el piso y de nuevo me embiste, le veo venir, entonces sus ojos se vuelven rojos se convierten en dos enormes serpientes que muerden mi vientre, siento un beso de muerte por esos seres deformes, convulsiono de dolor, estoy sorprendido y veo por sobre el periódico de nuevo, entonces sonrío que solo es un pequeño cuento…je, je, je…

- ssshhh, nosotros no somos un cuento, hoy vivimos dentro de ti.

Un fin muy feliz

Estoy en este sitio con todo mi poder de edición, escucho viejos discos de mi "museo sonoro", son discos de níquel, ellos contienen viejos recuerdos de tiempos pretéritos: "Love me two times", bebo en mi silencio miles de videos internos: "te recuerdo entonces"…

En el pequeño estudio donde miles de libros tienen un orden perfecto cósmico, escucho. "Rider on the storm", los versos en inglés se detienen en mi cerebro con destellos rítmicos, es que en este minipueblo vivimos muchísimo de los recuerdos o ¿nos duele todo lo que el conflicto civil no permitió?.. Muchos de esos sonidos tienen videos de seres que conocimos y que mueren en ese tiempo, con ese ritmo, pero el conflicto civil es todo y es nuestro presente después de 3 quinquenios...

Sigo los sonidos: "Ligth my fire" escucho lo melódico y lento de los tonos, son distintos universos rock, es otro nivel, otro mundo como un espejo simétrico en los límites de lo consciente.

El estudio tiene múltiples sellos esotéricos, en él se reunieron según viejos creyentes, los dirigentes de Consejo Supremo de los "hombres de conocimiento", dicen que leyeron en su momento el Necronomicón (Libro Perfecto), el que contiene los secretos del tiempo, según los devotos; en los momentos que Orus se une con Isis, el niño Osiris tiene su trono en el elegido, entonces emerge con un sonido de su ser interno y se vuelve un pequeño Dios.

Estudio esos textos esos textos y me pregunto ¿qué tienen que ver esos seres místicos con el infinito conflicto civil que vivimos?.

Reviso El Libro Perfecto, tiene signos ilegibles, serpientes con escudos, cruces, conjuros, ritos y por último un sello de prevención en griego: "retrocede sino eres digno de leer tu destino", pienso mucho en romper ese sello ¿qué poder puede tener ese libro?

Decido romper el sello...

En ese momento los Doors siguen son sus viejos ritmos rock: "Riders on the storm" se repite y se repite...

En eso escucho un golpe terrible en el pórtico de mi reducto-dormitorio, luego en el techo y en el vergel se oyen voces de milicos...

En los primero signos del último sello, leo en griego voces que dicen: "Sol, Re, Si, Do y el 4°. Sonido, "es un viejo referente de sonidos perdido son puentes dimensión.

Un golpe se oye en el frente de mi sitio-dormitorio ¡POMMMM!

Tomo el libro, decido ir por los corredores exteriores, me encuentro con dos jóvenes que me reciben con su fusiles en mi pecho, dicen que son guerrilleros, que tienen sus principios y que no tienen el propósito de destruir.

Pero en menos de 10 minutos el sitio se convierte en un ir y venir de morteros, Jets del ejército escupen fuego, los fusiles deciden nuestro futuro en este momento, BOMMM, PIMMM; BOOOMM, PINNN, (los Bommm son los morteros, los fusiles son Pimm, bueno eso creo).

De pronto helicópteros se oyen por todos los rumbos, son como enormes moscos verdes, el ruido es terrorífico: ROOMM, ROOM, es un concierto de muerte, donde nosotros somos músicos forzosos.

Los guerrilleros no huyen, sino que deciden construir sus misiles.

Les veo con ese frío ritmo de viejos milicos, en medio de los estruendos ellos como devotos monjes construyen sus objetos defensivos, en poco tiempo los tienen listos.

Yo estoy en un rincón del estudio –veo que el jefe de ellos es mujer, eso no debe sorprenderme, creo que existen millones de jefes mujeres, con esto del feminismo no debemos ser sorprendidos en ningún momento-.

En menos de 2 minutos, los misiles destruyen uno o dos helicópteros, digo que fue eso, porque vi cómo los jóvenes después de cierto rito de números y opresión de percutores, escupieron fuego por medio de esos instrumentos, luego se oyó un POMMM.

Todo tiene olor de muerte.

Creo entender que fue un helicóptero.

Un tenso silencio reinó por breve tiempo, de pronto se oyó un zumbido horrendo y ROOOMMM, como en los viejos filmes del conflicto europeo de los 40s. Creo que son obuses desde lejos.

El jefe de ellos, digo... (Bueno...) me dice que me retire del sitio, le digo que no puedo, entonces veo su rostro tiene hermosos perfiles de mujer de crúor infinito.

Los estruendos tienen múltiplos de miles, en breve tiempo se oyen en todo el sitio, esto es como el fin del mundo.

Ellos dicen que tienen "orden de no retroceder".

Como puedo me voy por un rincón de mi destruido reducto-dormitorio, retengo mi libro perfecto, recuerdo entonces que he roto el último sello de los misterios, leo en griego, el borroso texto, tiene como triples signos: SSSS y luego signos ilegibles.

En eso se oyen de nuevo los helicópteros, pero son cientos de ellos, yo continuo con mi deseo, descubrir lo que dice el texto, porque de ello depende mi destino.

Me esfuerzo por leer e insisto en comprender esos símbolos, entre los destruidos muros de mi "hoy" en escombros sitio de reposo, los guerrilleros siguen en su misión, yo como un ridículo estudioso, sujeto el viejo libro y voy construyendo un incomprensible sonido. Creo que mi destino coincide en tiempo, con otro libro, entonces creo comprender que sucede... estoy escribiendo en presente mi libro del futuro...

¡No tiene que suceder esto en los momentos que leo!

Y pude comprender el futuro.

Mi destino tiene signos impresos, donde existen refugios de cientos de muertos y regiones de olvidos, cientos de cuentos y héroes sin nombres.

Un siglo después, mi libro tiene el mismo destino que los recuerdos perdidos.

El encuentro con esos ojos en otros ojos, ese destino escrito desde mis dedos nocturnos tiene un fin feliz... es el "no olvido"... es mi pueblo herido que vive en sus propios cuentos, como otro modelo del universo, leído por cientos de lectores, como usted.

El vientre del universo

El cosmos es un sitio con silencios, son silencios difusos porque en muchos puntos se distinguen emisiones en diversos tonos, emisiones que contienen sonidos no reproducibles como si viniesen de pueblos y seres diferentes.

Mi vehículo reconoce destellos y emisiones de esos sitios y observo por los videos lo posibles reductos de nuestro futuro territorio.

Este vehículo es el último que huyó de nuestro inmenso urbe electrónico, los destellos neutrónicos se pueden ver desde este débil vehículo, los pocos que hemos vivido este ruinoso fin, nos detenemos un momento y en reflexión nos unimos por otro universo donde pudiésemos vivir.

El silencio de todos estos sitios es interrumpido por dos enormes luces que emergen sobre nuestro vehículo, estos vehículos de dimensiones superiores se unen en un cortejo simétrico, todos dentro del vehículo tememos pero luego de un tiempo esos objetos emiten sonidos solo perceptibles en nuestros cerebros.

Los sonidos son conocidos ritmos viejos con múltiples tonos, identifico El sombrero de tres picos, conciertos diversos, los politonos se convierten en videos internos y distinguimos seres como nosotros, seres precolombinos seres que se unen como espejos en nuestros propios cuerpos.

Entonces en este reencuentro cósmico veo todo un recorrido histórico, donde Egipcios y los hombres de Rio Bek tienen su fusión con nosotros; distingo ritos de fuego que son, proyectos neutrónicos, dioses preibéricos que se convierten en seres del reino de Thule.

Un sopor nos consume, todos en un momento hipnótico dormimos por los sonidos internos de esos seres desconocidos,

En el momento en que despierto me encuentro en un sitio níveo, escucho sonidos sinfónicos de nuevo, me encuentro en un depositó que reproduce mis propios sonidos internos, es como un espejo sónico, combino estos sonidos con uno que otro eco que contiene mi propio signo íntimo, los sonidos emergen con tonos diversos, conjuro melódicos sonidos con ruidos que se convierten en el nexo entre diversos mundos, un nexo que une múltiples universos con nuestro psique.

Escucho el ruido producido por electrones dentro de mi cerebro, el fluir de mi propio crúor impelido por un poderoso motor sistólico, el destello que produce el ingreso de un video por mi nervio óptico, el ruido del único nexo con el exterior directo con el cerebro, el ruido del primer nervio óptico del cerebro (que es el hermético secreto egipcio, el secreto efigie y de visión interior de Dios).

Desde un remoto sitio de otro universo puedo comprender que este es un mundo penumbroso, un mundo semilíquido donde reposo como suspendido de un esplendido receptor que tiene fusión con mi cuerpo.

Soy conciente que este mundo diferente tiene ecos propios, rebotes sónicos que puedo oír desde mi reducto, tengo lucidos momentos en este tibio recipiente; comprendo que los colores tienen distorsión por sus coincidentes contornos, por su extenso y deslucido territorio.

Los sonidos en este mundo íntimo, tienen el privilegio correspondiente de un continente no visto, escucho redobles de cilindros sonoros, redobles que dicen: tom, poxch, tom, poxch, donde soy prisionero en este recipiente semioscuro.

Los vientos tienen sus génesis no lejos de tus propios muros, este es un mundo tibio, convexo de espejos que te envuelve vivo y consciente, es un mundo sobre tu cuerpo; en el vértice de colores que no viste con ojos físicos, este es un mundo profundo y corpóreo solo conocido por los ciegos; este es un mundo diverso y enriquecedor, un universo que no distingue entre tu cuerpo y tu mundo, que reproduce un universo remoto y primitivo como un continente semilíquido, donde convives con sonidos internos.

De pronto tus propios sonidos reproducen en menor nivel los ruidos de ese mundo exterior, te vuelves un espejo corpóreo que tiene su propio nivel sónico, sientes como ese perfecto cuerpo te reproduce en todo su mínimos movimientos, es como si el exterior te diese el contorno que se previo en un pretérito confuso e inconsciente tiempo.

Te unes en ese vértigo corpóreo-dimensión y confundes tu propio ser con ese universo, no distingues en su momento si eres tú o el ser donde resides el que produce los sonidos conocidos, de pronto eres un ser propio, eres un ser vivo dentro de otro ser, y los dos contienen un ritmo perfecto.

Existen momentos donde percibes un exterior difuso, nocturno, silente, quieto; exterior que presiente voces dulces, silbos convincentes, primitivos esbozos de otros tiempos que desconoces. Comprendes que conocer el universo tiene un sentido único, que después de todo estos sonidos tienen el nexo de ser íntimo.. de pronto oyes: Tom, poxch, Tom, poxch..

Un silbo dulce emerge entre sonidos lentos.

Tom, poxch.

Percibes ese universo de quietud y te sientes en su interior libre y vivo, te ves inmenso en un vientre tibio y protector.

Decides tu momento de vivir en el exterior de ese vientre-universo, con su penumbroso contorno, y te vez después de todo, como un mínimo niño indefenso y heredero de los conocimientos.

De momento reconoces todo, ves este universo distinto y comprendes tu misión. El momento de tu origen puede ser Belén, S.S., New York, Tokio, México. Provienes de otro cosmos y decidiste ser un hombre diferente, en un sitio preiberico.

Desde entonces vives en este universo propio, muchos te dicen un nombre precolombino, un nombre único, un nombre fusión de universos, Hombre-Quetz-serpiente.

Después de todo, tu mismo con un poco de esfuerzo, puedes oír y reconstruir tu mundo desde ese otro vientre del universo.

Construyo el universo desde el momento en que el sol muere en el dormitorio, le veo con ese color etéreo y fulguroso que rompe con los restos de los oscuros sitios visibles, sitios precisos, reductos geométricos con entornos en el techo, observo los objetos y sus proyecciones sin color sobre el concreto, los muros o los pinos.

El universo tiene sonidos, ritmos diversos, complejos elementos que se presienten como si los límites de lo visible fuesen los bordes que intuimos por otros medios.

Reviso el periódico, éste llegó como siempre con un ruidoso y crujiente ronquido, ruido producido en el momento que dicho objeto corre por entre los breves bordes del piso y el pórtico de hierro, no me precipito sobre ese noticiero impreso, porque prefiero oír mi equipo de sonido con todos los decibeles del mundo y luego muy lento tomo el periódico que tiene un sorprendente título: "Los checos se defienden como leones de los soviéticos,", los sonidos estridentes del disco de turno, se vuelven un monótono ritmo doloroso, el rock quejumbroso como los viejos ritos de poder secreto, se convierten en sentimientos lluviosos, tormentosos, se vuelven un proceso de obsesión, sin precedente.

Leo y releo los informes de UPI, FP y otros con el contundente informe de un suceso increíble, los soviéticos deciden irrumpir sobre el territorio checo.

Me veo con mi uniforme de colegio y escucho el sonido de mi receptor, donde un locutor reproduce sonidos en inglés, el presente dice: 1968, un tiempo prehistórico que no conoce su destino.

Estoy con mi uniforme de colegio, oyendo como loco los sonidos rock, estoy deseoso de ser como los genios en concierto y luego me veo leyendo con sed los universos de Homero, con signos griegos o en inglés, me descubro en los múltiples videos internos que produce un texto como el "Necronomicón", muchos leímos con profusión todos los versos de ese texto, por lo menos todos los miembros del grupo Goldendown, cuyos dirigentes fueron: derviches y los del Tibet.

Y puedo volver en el tiempo sobre el tiempo, en ese libro se dice como su puede corregir el futuro y retroceder o su inverso sobre límites conscientes, con ejercicios de visión de tiempos.

El presente es múltiple.

Tengo recuerdos conscientes de ello, escucho los sonidos y con precisión descubro este presente de 1968, por un momento veo mi futuro, le presiento, me veo en medio de un terrible conflicto, puedo ver mi rostro seis decenios después, es como si un silencio de intuición me convirtiese en un vidente de todos los tiempos, lo recuerdo porque M. Rostov y H.P.B. nos dijeron que le destino es reversible en el momento que los silencios son dueños de todo, en ese silencio interno.

Hoy el sonido rock me devuelve ese ritmo juvenil de otro tiempo y descubro de nuevo que ese sonido rock tiene un elemento de tono, que es un puente entre dimensiones, por eso el sonido no me es impropio, por eso siento desde un primer momento un cierto nivel correspondiente, porque existe ese puente de presentes y futuros.

En 1968, en momentos de oír ese sonido rock, un silencio como sed de futuro se conjugó en mi sitio reposo, el tiempo se detuvo, el libro "Necronomicón" predice dichos sucesos, son elementos propios de los momentos de fusión de dimensiones o tiempos, si podemos decirles de ese modo, diminutos silencios donde los relojes se vuelven locos, se detienen; o como el momento en que un cerillo se nos pierde de súbito, es como si durmiésemos despiertos, nos vemos en otro sitio como si hubiesen concurrido en breves segundos: 2 ó tres decenios, se siente el sopor de correr en el tiempo, se siente como si un recuerdo inconsciente nos dijese que el tiempo se funde en diversos puntos en el mismo sitio.

En este diminuto territorio, eso suele ser común, porque según M. Rostov: S.S. es un puerto-dimensión del tiempo y se funden sobre nosotros diversos proyectos de futuro y presente.

Sigo ebrio del rock, sigo con mi receptor con un millón de decibeles, mi equipo tiene el límite en decibeles posibles, de nuevo reviso todo el periódico, siento en este presente como si hubiese vivido lo que leo, pero confundo mis intuiciones con mi consciente, es como un experimento de recorrido múltiples, de futuro en futuro, o de presente en presente, en reprisse de lo vivido desde el momento de ser feto, o los límites de otros niveles de vivir en lo etéreo y sin tiempo.

Por eso reconozco los mínimos distintivos de un muro, un rostro, un símbolo, un vehículo, un número o los sucesivos recursos férreos, que nos unen con el presente-futuro y todo eso lo hicimos conscientemente, como un sueño lúcido.

Todo esto lo dice ese libro y ese viejo texto es como un puente de dimensiones.

Entonces respiro... respiro y veo...

Hoy que el periódico dice "Los checos se defienden como leones de los soviéticos", me detengo en este presente de 1968 y siento un ligero desequilibrio de dimensiones como si esto lo hubiese vivido en futuro, pero no es cierto, esto es un suceso en presente, no existió en ningún momento, ¿Cómo puedo suponer un futuro remoto en presente si no fuese porque le visto desde otro nivel consciente?.

Hoy mismo que escribo esto, puedo definir mi futuro y mis símbolos son como testigos de mí mismo.

He concluido todos los niveles que dice el "Necronomicón", donde por intuición se define el don de ver el futuro; entonces un pequeño silencio nos dice donde ir, el silencio de intuición se convierte en un signo de leer el futuro, ese momento intuitivo es el recurso del presente perfecto. Se pueden tener recuerdos del próximo futuro o un futuro de recuerdos próximos.

Entonces podemos ir o venir sobre un tiempo u otro.

Yo emigro entonces de otro tiempo, conjuro mi destino y distingo un diminuto silencio interior, que es como un sentido de dirección que me dice por donde ir. Hoy escucho de nuevo el sonido de los Doors con Jim Morrison y leo como los checos se defienden de los soviéticos en 1968, me dispongo como siempre en seguir mi destino sobre múltiples tiempos como si leyese desde el futuro lo que en presente es intuición, como otro simple hombre de este mundo.

En pleno 1968 o el Tercer Milenio.

El sonido de los Rolling Stones no muere

Destino: R.E., D.E.G, M. Noel; G.O. y el persistente escritor

Luxemburgo tiene un símbolo róseo en su contenido histórico, contenido profundo que hoy se pierde entre los desvíos que los "otros" creen que no vivimos. Reunidos los seis, con el contexto poético de un césped verde y liso, donde un monolito precolombino nos ve en el perfecto sentido religioso, construimos mundos infinitos, tenemos como límite un muro y un limonero que no detiene el fulgor de Selene, con su luz tenue y gris. Luxemburgo tiene un presente en este pueblo en conflicto –dijo uno del grupo y su voz se perdió entre sonidos dispersos-.

En el estudio los textos se ven con colores tibios, el recurso impreso se vuelve colección de seres prodigiosos, los libros tienen genios dormidos en su seno, son fieles discípulos de los destinos del universo, tiene secretos como buenos tutores místicos, viven en los momentos que leemos y luego se duermen, en el mismo nivel de un recuerdo que existe muy lejos de nosotros, ninguno como en "Necronomicón".

Del equipo de sonido emerge un poderoso sonido rock de los Rolling Stones, Mixed Emotions, por supuesto que el heterogéneo grupo prefiere los ritmos precolombinos, pero sólo por este momento se decidió oír el demoledor rock de los Stones.

Es de noche en Luxemburgo, el sonido rock irrumpe, luego del ortodoxo sonido de Mussorgsky y un místico sentido róseo se imprime en el reducto-discusión; en nuestro entorno el rock de los Doors, S. Stereo y los Rolling Stones es el elemento de fondo, son como sonidos impresos, que nos unen con video internos.

Fuimos seis los testigos de ese suceso, que de un modo u otro, tiene cierto sentido mítico, uno de nosotros tomó un texto y leyó en voz débil:

"El purpúreo objeto de poder,

Convierte tus deseos en pósteres,

Esgrimen símbolos de flores en tus bluyines

En el óseo rock de un conflicto de jinetes concretos".

El grupo silenció sus discusiones, sólo se dejó oír en lo extenso del estudio, un ruido de percusión y un requinto electrónico que se conjugó desde lejos con politonos, entonces emergió el sonido propio de Mick, con el dejo sombrío de los blues dolorosos.

Pero el que leyó el primer verso siguió:

"El rock es un ígneo conjunto de otros universos,

Con estridentes e hipnóticos destellos de flores emergentes

Que rompe los silencios de tu credo

Y mi silencio en los iris-espejos de tu pubis sediento".

"Soy tu respiro definitivo,

Seducido en tu íntimo decisivo,

Sólo en él me perteneces,

Símbolo róseo, mujer".

Noel confesó que de seguro Bob D. es quien escribe de ese modo, porque Huidobro huye de ese estilo: D.E.G (que posee el genio de los símbolos) descifró que no existe precedente de ese modo de escribir, que de seguro es un libro único.

R. Elí, intervino diciendo que no existen muchos que escribieron de ese modo, porque el rock no tiene sentido político.

Los sonidos del concierto rock interrumpieron el coloquio, los Rolling Stones, con sus estridentes sonidos siguieron con sus discursos en inglés, siguieron con su rotundo fulgor de todos los tiempos, con el vertiginoso y recurrente motivo de ser ellos mismos en sus sonidos. (En inglés Mick predice un futuro sin muros, en medio de un puente de colores). Pero el otro miembro de los seis decide seguir leyendo:

"Un génesis de rock purpúreo de muros con símbolos rebeldes,

Signos, nombres, silencios o el presuroso encuentro con los relojes,

Que no tienen un solo elemento nuestro.

Mujer sin color que reproducen nuestros poros en el vértigo conflictivo,

De un cerrojo precolombino con el inofensivo destino de un lector,

Que prefiere un rock de superhéroes,

Y nosotros creyendo que nuestros sexos son el destino del mundo".

Los seis miembros del pequeño foro, predicen el fin del escrito.

- Otero lee con voz de púber – y los otros siguen su voz - como en un concierto los movimientos, lo melódico del escrito, todos hemos sido sorprendidos por un escrito que no tiene un referente conocido.

Observo con detenimiento el texto y en su forro, tiene un sello con dos serpientes que se unen en un círculo, en su centro existen signos hebreos, con un elemento que tiene dominio sobre todo el sello. Los Stones siguieron con su hipnótico ritmo (mixed emotions), los oyentes como en un ritmo lumínico, fuimos repitiendo los siguientes versos del Necronomicón:

"Flor de símbolos místicos,

Recuerdo sin tiempo de relojes múltiples,

Donde encuentro en mínimos círculos el sello de tu cuerpo,

Róseo distintivo, que funde sexo, vino, devoción entre cosmos, el rock, con tu voz, con tu

íntimo de sediento lector-discípulo".

Sintonizo un extinto sonido de los Rolling Stones.

Entonces escucho:

"Créeme te lo pido.

Tu símbolo róseo lo llevo impreso en mi piel, entre el rock y nuestros videos internos,

Nuestro silencio es cómplice, en el momento-conjunción de vos en mi y yo en vos".

Se terminó de leer el texto. Nosotros como si fuésemos un círculo secreto, volvimos de ese nivel hipnótico; el persistente escritor de "tu desnudes tiene un perfume secreto" predijo un férreo destino de los símbolos róseos.

Nos reímos de su objeción y entonces vimos el sorprendente título del documento: "El Libro del Verbo".

Es de noche, el crujido de estruendos en el norte de S.S. nos devuelve el sentimiento de peligro de los que vivimos en este sitio, el conflicto interrumpe nuestro convivio y todos presentimos lo próximo de morir, entonces el sonido de los Rolling Stones no muere y todos repetimos brevemente los pequeños versos de un desconocido, concluyendo que después de todo, el símbolo róseo de Luxemburgo: es mujer.

Obsesión rock

Destino: Melky el poseso del rock.

Es que el rock tiene ese elemento que me pone como loco, me pone ebrio de sonidos, ¿oyes ese Requinto?, ¿el Moog?, los ritmos estridentes que se convierten en círculos en estos muros, como si todos fuésemos miembros del conjunto rock, como si todos tuviésemos un momento ejecutivo en el tono hipersonoro, –dijo Melky.

Los 5 miembros de grupo siguieron decidiendo su futuro entre dos o tres sitios donde ir, donde morir sin sueño, donde residir sin ser vistos por un destino que no fuese el monótono diseño de su mundo hipnótico, los 5 con un presentimiento de prófugos, en el contexto que les predice un destino convulso e inédito, en el riguroso encuentro con lo desconocido de momento en momento. El sonido rock es perpetuo en los cerebros de esos jóvenes llenos de furor consciente por conocer el universo.

Melky, Lupe, Deysi, Lucy, y Gilberto, prefieren vivir su propio vértigo sobre un incierto futuro, sin un solo recurso de lo conocido.

Lucy y Gilberto prefirieron perderse en lo brumoso del sitio disco, entre besos sin oxígeno, besos infinitos con dolor de músculos del rostro, besos húmedos, besos públicos como diciendo: ¿y qué?... los otros miembros no dirigen sus visiones sobre Lucy y Gil, se entretienen con los ritmos del conjunto rock, porque esos besos en esos sitios, son comunes.

Deisy no tiene con quien ejercer su poder de ilusión, simplemente es un complemento de ese grupo que se divierte de noche, entre licores y el intenso humo del "Nibelungos".

Melky y Lupe recién se conocen, dividen su tiempo pretendiendo invertir su posible futuro en divertirse y el vértigo de seducción previsible entre dos seres que coinciden en ese nocturno encuentro juvenil, entre los tonos rock y los silencios de beber licor chileno, vino generoso que cumple su función de cohesión por el frío y un destino común sin precedente.

Es cierto que no tener compromisos es lo mismo que predecir si uno quiere vivir o morir hoy, porque ser joven es no tener límites y ellos deciden por sí mismos en el momento de su eterno connubio nocturno.

Y se fueron por donde existe nieve, en el Sur de un continente muy lejos del trópico, donde existen meses que el dormir de dos en dos, es mejor que morirse de frío.

Melky recordó el invierno sueco, donde el exilio le persiguió desde un remoto pueblo, donde pretendió construir todo de nuevo, donde quiso construir entre nieve y exilio su nuevo destino, entre testigos que no son testigos y llegó el momento del retorno, el momento en que huir tiene fin. Ellos se fueron por esos lúgubres sitios del Sur, pero se despidieron de uno en uno, excepto Melky y Lupe, quienes decidieron seguir conociéndose mejor entre besos sin límites o inventos infinitos de silencios, porque los silencios tienen el fuerte contexto de otros signos poderosos, signos de cuerpos o pieles en perpetuo coloquio. Ellos decidieron dormir juntos en el Depto. de Melky.

El vino tinto tiene un bouquet dulzón que se prefiere en el momento de contener un respiro y sorber ese líquido rojo; Melky recordó su riguroso estudio en misiones de otros pueblos, donde el vino es costumbre, como un rito cósmico.

Melky con el recurso de lo súbito, decidió encender su equipo de sonido, un perfecto sonido emergió con el estridente rock de Pete Shop Boys, Bon Jovi, Police, Cooper, en medio de esos sonidos no se oyen los mínimos suspiros, ni los coloquios diminutos, sólo se oyen redobles y golpes de cubos, eso es lo que precede un connubio de pieles como textos-testimonios de todos los pueblos del mundo, en todos los tiempos de los tiempos.

Luego emergió S. Stereo con un rock compresible, "el silencio no es tiempo perdido" y ese estribillo se fue imponiendo entre ellos, el silencio se impuso en pieles con miles de recuerdos y ficciones, donde ser libres es lo mismo que reconocerse el uno en el otro.

Se desvistieron con el rigor de los seres que se ven en el tiempo como imprescindible, lentos, entre el color de un vino tinto que responde en su olor con todo el sentido de intención de dos jóvenes, que presienten su futuro sin compromisos.

El rock tiene el vértigo hipnótico de conducir sueños –reflexionó Melky –el rock emerge de interiores rebeldes y estridentes, que coinciden en muchos sentidos con Beethoven, es en cierto modo un tipo de religión sin dioses, sin mitos sólo sonidos, pero tiene el poder del movimiento. En ese templo rock, los cuerpos son el vehículo que rompe condiciones, el pelo en el cuello, el vestido que ve un interior genuino, ver el mundo desde un cerillo que despide destellos enormes de luz interior, el contenido de mínimos símbolos impresos que tienen un destino próximo en un ser que queremos, verse entre piel y sin ficciones, escribir sobre un muro limpio el destino que se merecen los represores del pueblo, ser irreverente con todo lo que huele estéril, que huele podrido y que no tiene espíritu; conducirse en todo como si fuese el último segundo en este urbe de concreto, conducirse con el sentido de que no existe un futuro que nos obligue, un destino que nos presione, o un fin débil y senil que nos quite estos sueños por otro modo de ver el universo.

De noche en el Sur del continente se ven los límites de los eternos cielos de nieve, el frío es obsesión el verde del césped se confunde con ríos de musgos que recorren los vertientes

profundos de ese territorio poderoso; Melky y Lupe decidieron su destino en medio de
besos y sonidos rock, en medio de ficciones de mutuo consentimiento, en medio del
contenido exitoso de ser cómplices del momento, cómplices de hechos con intención.

- Somos cómplices ¿no crees?

- Sí,

- El mundo sigue con sus miles de gentes en perpetuo ritmo, consumiendo nuestros
  proyectos entre sucesos imprevistos, hechos que nos tienen en un encierro
  histórico, como si fuésemos prisioneros del pueblo donde vivimos y que solo
  reproducimos…

Y se confundieron con sus besos, en el expresivo sonido de sus pieles en el momento
previo de dormir, con el sopor de sus confidentes cuerpos y el sonido rock, frente de un
espejo lleno de pósteres rock.

¡Fue...!

Los sonidos que escucho en este momento son como ritos de un despido eterno, como si un poco dentro de mí muriese en este momento, un poco porque todo mi interior tuvo un destino junto con vosotros.

Creo que nuestro último recuerdo tiene muchos momentos festivos, y nos une un tremendo contenido de sucesos de un contexto histórico, si lo histórico es tener un sitio junto con los obreros, los hombres de horizontes de cultivos, el firme esfuerzo por un mundo diferente y los miles de hechos que vivimos desde siempre.

Esto no es el fin.

"I´ll never look behind me"

Hoy veo desde este puerto el buque que se despide, desde lejos, les veo como un presentimiento remoto, muy remoto, que muere, hope your find your sky, me siento muy tonto, lleno de recuerdos, como si fuese débil, como si no fuese un guerrero, pero no puedo contener este sentimiento, creo que no es vergonzoso decir que.... pero como los que tenemos por oficio los sueños no debemos rendirnos, pienso que seguir de todos modos es un éxito.

"Feel no sorrow..."

"Tried to see your point of view"

Esto es el fin. El buque se pierde en el horizonte y perdido en ese horizonte un diminuto sentimiento me une con vosotros, nos despedimos, porque no hubo el preciso encuentro de comprender que el universo no es este territorio, que el mundo no son nuestros estrechos muros y que después de todo un hombre lo es, en el mismo nivel que no se rinde.

Eso que veo es vuestro exilio ¿o el mío?

El exilio, nombre terrible e insufrible que siempre es opción cruel.

Me despido de vosotros con todos mis fieles testimonios, mis pequeños demonios, los miles de sucesos, los proyectos, los silencios impuestos que como cómplices decidimos que fuesen secretos.

Hoy el futuro tiene otro sentido, ustedes se pierden en lo lejos del horizonte, donde el sol se confunde con otro cielo y yo les deseo éxitos.

Los que seguimos en este mundo, nos iremos de este trópico, nos iremos consumiendo como diminutos pinos silvestres y en su momento nos iremos por nuestro rumbo, con el sol sobre nuestros hombros, inmersos en el destino que nos une.

El hombre del exilio, rompió, su pequeño códice, vio su futuro y con lo firme de los viejos robles enfrentó su destino.

El pelotón de hombres de uniforme se preocupó por su disposición de oficio, en estos momentos de muerte, el Teniente dio su OK.

¡Listos!...

¡Fuego!..

Y el hombre de oficio se fue uniendo con el horizonte de cultivo, de poco en poco, como si el universo se despidiese con dolor, se fue perdiendo en enormes silencios sin destino, su espíritu presenció el momento en que otro hombre de uniforme le impuso un clemente destello de fuego en el revés de su cuello.

Su espíritu con el vértigo y el tremendo fulgor de su cruel fin, recorrió medio mundo, quiso unirse con Memo, con Robert o Melky; decirles que después de todo morir no es estéril y que el futuro siempre es posible, pero no pudo.

El mundo continuó su eterno recorrido en devoción por el sol, Memo, Robert y Melky tuvieron su regreso, entonces entre los mismos de siempre, hubo un momento en que se preguntó por féretros y recuerdos, por sepulcros y el otro hombre del exilio; en ello se encontró en su sitio, un hombre, un oficio, los signos numéricos de rigor y miles de flores fluorescentes, miles de pequeños seres son los impresos sobre senderos de colibríes, un millón de luceros con intermitentes colores, un niño durmiendo sobre el féretro. El reloj del cementerio replicó con su lentísimo sonido, fue un lúgubre ronquido que inundó el extenso césped verde, se pudo ver el sonido y oler el color, se pudo definir un límite entre los infinitos y presentir un círculo de Dios.

Los hombres ven el niño, se sorprenden de su quietud, el viento gime sobre un profundo color celeste, los cipreses se confunden con los respiros y en ese sitio de silencios, un niño con sus ojos de perpetuo estudio, ve los viejos seres que en su momento le dijeron un despido y un fin sin retorno. De ese encuentro los textos refieren que se vivió un intenso reencuentro, un enorme contenido de convivíos, miles de cuentos, millones de sucesos, como si el tiempo fuese un suspiro sin sentido. Los viejos refieren que los cuentos de exilios se repiten en otros hombres, que se repiten los mismos hechos con otros cuerpos, como si diesen lección y lección.

Hoy que me despido de Memo, Roberto F y Melky, de miles de miles que tienen un puerto y un destino diferente del mío, creo que de todos modos siempre existe un recuerdo oportuno, con los miles de hechos felices que nos unieron, como el momento que Pepe perdió su enorme globo en el segundo previo del discurso insigne, los desvelos sin fin con los jóvenes de otros pueblos, luego el momento en que los fusiles sorprendieron con su fuego el pequeño mundo de los muros del Movimiento; noviembre y enero dolorosos y fieles, los millones de hechos que son reproducibles con símbolos impresos, como los poderosos gritotes de Melky porque su equipo celeste venció en Udine; este recuerdo me une de nuevo con vosotros; es imposible reprimir mis sentimientos, creo que tengo mis emociones en silencio y esto no es vergonzoso, ¿o lo es?.

Hoy que enfrento mi destino solo, con los mismos hombres de uniforme que no son cuento, que sorprendentemente ese texto se cumple en mi y en el momento que veo vuestro buque perderse por siempre en un horizonte, me obstino en ver de nuevo lejos, muy lejos…

Puedo ver los movimientos del pelotón de milicos frente de mí, ellos repiten su conocido oficio:

¡Listos...!

¡Fue....!

Piloto neutrónico

"Un hombre que no tiene que perder, es muy peligroso" (F. Nietzche)

- Es riesgoso,
- Si, pero yo deseo ser un fiel discípulo de lo imprevisible.
- ¿Pero si mueres en eso?
- ¿Qué tiene, eso de un modo u otro es ser joven, ser joven es decir no, es el "no" rebelde que rompe con los hombres que tienen el poder, solo los viejos dicen sí... decir sí y solo sí, es lo mismos que ser sumiso. Los siglos de no ser libres en este territorio tienen en nosotros el efecto de convertirnos en tímidos perpetuos, pero existe excepciones.
- ¿Y con eso eres libre?
- Bueno, eso no lo sé. El concepto de ser o no ser, no tiene tiempo, pero sí tiene un poder de romper con lo que no se quiere.
- ¿Y tú tienes poder?
- No lo sé, lo único que poseo es un movimiento diferente del destino de otros.
- Esto no tiene sentido de bueno o de perverso, simplemente es diferente.

El hombre terminó su discurso con sí mismo, su voz interior le dejó en silencio.

El ruido producido por los instrumentos emergentes, le dicen que debe correr con su equipo y meterse en su helitrón verde olivo, como los otros pilotos, con todo el vértigo de los hombres que tienen misiones en series. En el módulo de control del poderoso helitrón verde olivo F-500, él movió los switchs de encendido, luego miles de botones multicolores respondieron, chequeó todo el control: "presión, combustible..." todos los signos de peligro, ordenó el código secreto con minutos y segundos, dispuso el poderoso monstruo de los cielos en listo (R) y enfiló sobre el cintillo de petróleo; los monitores tienen un símbolo en inglés, el código de vuelo tiene longitudes y microsegundos.

Todo es preciso.

El vértigo de romper el sonido y huir por los cielos, es como sentirse hijo de Zeus, se rompe el cielo y desde el cielo se ven los colores diferentes, nubes que solo son microlíquidos suspendidos, el horizonte infinito y el sentimiento de ser poderoso.

Sé que debo conseguir mi objetivo, en este proyecto el futuro de mi pueblo, sé que puedo morir, pero es glorioso morir por lo que uno quiere. Puedo oír ecos difusos que tienen sentimientos de consuelo, escucho un recuerdo de mi mujer, los niños o mi sonido preferido en rock ortodoxo.

En mi vuelo misión, rozo el verde de los pinos quiero con ello huir de los detectores electrónicos enemigos, es como un suicidio, pero sigo con este esfuerzo, este es un vuelo sin retorno.

Estoy sobre territorio enemigo, lo sé por el tiempo de vuelo, mis instrumentos me dicen donde estoy, 30º 21′LNE y 19º 19′ 01′′ LSE, entonces me enfilo sobre mi objetivo, entonces rezo un poco, siento el destino sobre mis dedos, pero sigo directo sobre el punto de encuentro; ir con intención irreversible sobre un objetivo es lo mismo que un suicidio.

De pronto me encuentro con el urbe.

Veo el objetivo, ellos me ven. En el interior de mi helitrón con miles de sonidos intermitentes y luces de colores que se encienden, comprendo que soy visible en sus equipos defensivos, que el enemigo me ve en sus detectores.

Sobrevuelo diferentes longitudes, consumo muchos kilómetros en breves microsegundos, desde el sitio de dirección distingo con precisión mis objetivos, mis instrumentos dicen dónde y cómo; poseo detectores electrónicos y visores "Lss", enfilo sobre mi misión-destino, enciendo el "instrumento preventivo"; el me responde con luces y sonidos es un monólogo siniestro entre el hombre y los equipos de muerte, como si fuésemos dioses, decidiendo quién vive o muere, de otro modo es como el poder de edición sobre vivir o morir de "otros".

Mis equipos piden los códigos secretos y yo les indico los números 65-2080 y el nombre "IRU", entonces se encienden los verdes (Enter) diferentes sonidos me dicen longitudes que se repiten en series, en un segundo oprimo el interruptor y del helitrón emerge un misil sin color, sigo su curso y veo el efecto que produce.

Primero un destello luminoso rompe con el monótono sol de occidente, luego un enorme geiser de humo emerge del urbe, entonces veo que el humo inferior se convierte en un enorme hongo y entonces entiendo mi misión.

He sido el conductor del primer incidente neutrónico del mundo...Sobre el territorio enemigo.

Estoy en conmoción, muy confundido.

Siento en mi cuerpo terror... convulsiono…

Doy un pequeño giro y puedo ver el urbe que muere.

Enciendo el receptor, informo de mi posición y desde el control me dicen que tienen el honor de dirigirme sus voces, que soy un héroe.

Me refugio en mi silencio y distingo los misiles que vienen sobre mi helitrón, no puedo huir, los miles destruyen todo.

Enciendo mi equipo de expulsión.

Sólo recuerdo que despierto y me encuentro entre enemigos, no entiendo sus voces, pero sus intenciones son evidentes.

Dos hombres de uniforme me ven y en un segundo el fuego de sus fusiles cubre mi rostro...

El video descubre un close-up de pueblos en infinito conflicto...

Con el control remoto entre mis dedos presiono el botón rojo.

Veo mi empobrecido sitio-dormitorio, me siento enfermo de ver esos misiles neutrónicos, me deprimo de este encierro, el periódico dice lo mismo que he visto como un encuentro de fútbol, tengo sueño, recuerdo con obsesión que necesito empleo, luego como loco sonrío del destino de este universo, de seguro es mi fin, pero sigo con obsesión de obtener empleo, pienso en un proyecto de TV, o mejor el designio político, no sé, entonces busco el póster de Jesucristo entre mis documentos, el de John Lennon, el Che, M. Monroe, o T.M. (los intestinos del viento). Me despido de ellos y cierro mi féretro de níquel. Después de todo este sitio es muy cómodo, tiene Ron y un equipo de sonido completo.

Tengo sueño... es increíble lo que se puede escribir en los momentos que no se tiene empleo.

- Johnny Sonidos, dejó el L.P. y corrió desde su sitio de museo rock, tomó el rombo mítico de su pecho y luego de un conjuro, reposó en su escritorio su estoque "invencible"...
- Michelle con su voz dulce, dijo: "Entre señor Creciente. Johnny viene pronto"...

En ese bote un monitor enorme que de borde en borde es serpiente, Johnny Sonidos es el Comodoro que dice en verso luso:

"me burlo con ingeniero del demonio y en el desierto con mis hombres prestos, inspiro otro horror enorme en el pobre Belcebú; no tengo retiro, ni en Lycoples, ni en Tiro, busco consuelo solo en el cielo, y si tengo muchos enemigos no les temo, ellos me oyen desde mi Dirección, soy el Comodoro, con mi voz de cuello grito mi destino sin fin, sin límites, sin borde, terrestre o celeste".

Voy con mis obuses, con el viento, mi velero Monitor es temido, en todo el continente oscuro, voy por el tesoro del Juvenil Juventus, el dichoso confín de los vientos, con sus desconocidos reinos en este ponto luso, mi pecho versus el viento es de puro esplendor, yo soy un ser que lucho por el cielo en pleno reino de Neptuno.

Soy el que rinde monstruos, lucho en el tiempo con el rumbo que siguen los delfines, libero prisioneros y mi sueño es un cortejo de tritones.

Soy un rey en este inmenso desierto de peces y del cíclope Polifemo, el mismo que cegó Odiseo.

Mi tesoro, el que precio sobre todo, es un rombo que tomé del pecho del enemigo del tiempo, un ser borroso de tenue perfil, su nombre es "Creciente", un demonio perverso y temible, en el encuentro con ese ser repulso, mi estoque "Invencible", dio informe de fe, en lid de excelsos colosos, yo le quité ese rombo y el demonio "creciente" huyó, desde entonces domino el tiempo, he visto todos los mundos del mundo, todos los sueños del sueño, te he visto en mi rombo, lo he visto todo.

"Creciente" juró como decoroso demonio por su honor volver, y yo, me río de muerte, me río en su rostro de pobre demonio.

Soy un correcto filibustero, sólo robo en muy remotos momentos, eso si, uso mi estoque "Invencible" versus los ricos y riquillos; los ingleses, los iberos, o los lusos, todos tienen sus tesoros y me pertenecen en mi encuentro con ellos.

Desde el borde del Monitor, que en su derrotero dice: "El Tiburón", veo el movimiento y los velos en el viento, soy un piloto desconocido, pero les cuento... en cierto momento, un ciclón nos desoló, mi Monitor fue escupido por el violento ciclón, mi rombo no funcionó, luego que rodé y rodé, con mis hombres sobre muchos límites desconocidos, llegué como en otro mundo, sobre un cielo desconocido, vi muchos jilgueros, cisnes, seres de otro reino, entonces creí que "Creciente" que me venció con ello, y mi estoque brilló sobre el viento, le enfrenté, luché, como hombre en punto de fin, luego vi que Hefesto el dios del yunque, el divino herrero sonrío, pronto me vi en el Olimpo, recordé que Prometeo escondió el fuego en un sitio conocido, no en otro mundo, sino en éste, pero yo el filibustero Johnny Sonidos, con mi velero "Monitor" que en su derrotero dice: "Tiburón", estoy perdido, fue entonces que temí por mí y mis hombres... Entonces vi, el sitio de reposo de los dioses, vi muchos, muchísimos dioses, Tetis, Geo, Febe, Temis, Demeter, Zeus, Perséfone y muchos, muchos.

Me enfrente con Cronos que me condenó por mi delito de querer conocer el universo, entonces los dioses en un complot mítico, me dieron un sitio de confusión, con miles de círculos internos y externos, un sitio como el infierno con ciclos y ciclos.

Hoy estoy en un sitio de destierro, este es un destino muy cruel, me unieron por siempre en un bosque de sonidos, este encierro de sonidos tiene seres hermosos y otros terroríficos, son sólo sonidos, pero los sonidos son fotos, si videos, son seres que ven y sienten, este reino, es un límite sensitivo entre bemoles y silencio, entre trombones y bongoes, de entre todos estos ruidos, distingo miles de breves dimensiones del cosmos puesto que veo por sonidos, en todo este universo sónico, puedo ver un Beethoven, un Debussy o un John Lennon, en otros reductos de extremos, vi un pequeño tomo de los Supersónicos.

Este cerco tiene muros con oscuros bordes de los silencios, entre todos ellos el Ollín Yolliztli precolombino, esos son los sonidos del reino de Bek.

De pronto un simbido SSSSSSS, se ubicó en mi oído, luego, ese siseo se fue volviendo muy quedito, sssssssssss, como si me dijesen, ¿me ves?, volví sobre ese sitio de sonido, un diminuto espectro, por no decir un duendecillo con su sonido perdido en el tiempo, yo como Prometeo Sónico, me dispuse con mi poder de edición imprimirle en este texto, como elohim de vientos, como un video-dimensión de Homero y Borges en violines escritos, como un cómplice del futuro, entonces en un enorme Códice Pipil situé ese ritmo de sssss muy pequeñito, le imprimí en un libro interno, un Necronomicón, puesto que sólo los dioses deben conocerlo, pero, ese sonido mínimo de sssssss, como un grillito de vuelo corto, sólo repite cri, cri, cri, cri, cri, cri, en el momento de unir el ritmo dimensión entre los dioses y el museo rock.

Le tomé entre mis dedos, como un pequeño cencerro, le vi, como un elemento de fuego y viento, me obedeció.

Ese diminuto sonido fue mi buque de inicio, ese sonido me devolvió el génesis sónico, pude con mucho esfuerzo decir: Uo, Zip, Tzoz, Tzec, Hlil, Chen, Eb, como mi genético Topilzín.

Y de nuevo fui pipil.

Recobré mi ser interno y el cerco sónico se rompió.

Y encontré mi rombo, sí el que perdió el demonio "creciente".

De nuevo con mi buque Monitor con el impreso en su derrotero "Tiburón", me fui en torno del Olimpo le di sitio, le sitié, con mi pequeño duende, el Olimpo se estremeció de en su entorno ciclos y ciclos, como los hebreos en Jericó y pronuncié ssssss, y el viento y los cielos me obedecieron, ellos se unieron diciendo SSSSS, entonces el Olimpo sufrió y sus mejores dioses me dieron lid de guerreros héroes, luego de miles de esfuerzos ellos perdieron.

Zeus me concedió el premio del Juvenil Juventus, desde entonces reino en mi bosque de sonidos rock, soy un pequeño rey sónico, dispongo de muchísimos sonidos este sitio lo reservo como un monumento por el libre ritmo eterno, con el rombo en mi pecho y signo del Juvenil Juventus, luego suelo beber entre ritmos de Elvis Presley y los coros de los bosques indios, me eternizo con John Lennon y los silbos de Silvio Rodríguez, pero como si esto fuese poco, escucho los genéticos sonidos del universo en videodimensiones de los muy remotos destellos de otros confines, desde mi bosque rock, tengo de colección todo sonido, mi reino es como un duende o un diminuto ssss, es un grillito que dio brinquitos en tu oído, diciendo cri, cri, cri, cri, cri, cri…

- ¿Le oyes?...

Hoy, tres mil ciclos después, en un bosque sónico en F.M., Michelle dijo:

- ¡Johnny!, ¡Johnny!
- Siiii, estoy por este L.P
- Si, lo sé.

- Un señor de nombre "Creciente" dice que quiere conocerte, que sólo es un minuto...

98

Gooooooooool

Troté con mi short hiperflojo, corrí como si huyese de un terremoto neutrónico, tropecé y golpeé el piso con un furioso: ¡troch!... Me inculpé muchísimo, fijé mi video interno en Susy, que me dijo por teléfono: te espero en mi lecho, tontito…

En el piso luché como hombre versus mil demonios, el short me oprimió los tenis entre mi piel y los hueles de los Pumitos, entre gruñidos y Perogrullo, me quité el short flojísimo, lo tiré por un rumbo incierto, el tiempo-emoción de ir sobre el reducto-reposo de Susy me imprimió un rotundo golpeteo de rock en mí íntimo sonio interno ¡tengo que verle! –grité–.

Me doy en este momento un "remojón" con miles de hidrógenos y oxígenos en fusión múltiple, esos iones tienen un nombre líquido, en ese momento sonó el teléfono, rinng, riiiinng, riiiiiiiiiing, yo con todos los círculos níveos del mundo, con los ojos muy herméticos, recorrí en breve tiempo, como ciego esos muros del sitio-semilíquido y por fin llegué donde el teléfono, entonces en ese momento rugió de nuevo riiing , le tomé…

-    Si, Susy, si, ¿dime?, ¿qué?, ¿no oigo?, ¡Sí!, ¡Siiiii voy como un jet!

-    Plock

-    Susy, siempre Susy, voy, voy… El líquido en ese momento, dejó de fluir.

-    No Diosito, por todos los seres buenos, no, no…

-    Estoy como un perro en su inmersión de domingo, grrrr…pero debo ir, miles de minicírculos de colores se unen en mi piel, huelo como bistec con puré de chicles, grrrr, estoy furioso…

-    Riiiiiiiiiiiiiiinnnnnnnnnn,

-    Si Susy, voy, pero, es que, pero si, siii…

-    Este pinché sebillo, se me pegó en todo el cuerpo, que horroroso es esto, en todo mi tiempo de ser civil con control de elector, no sucedió esto, sigo con ese olor de pollo sin cocer, mi pelo es hoy espinoso, sigo como un perro sin dueño; si los chicos del equipo me viesen…y Susy que me dice que me quiere ver hoy, en este momento, grrr, estoy furioso. ¿Por qué hoy, en este preciso momento, debe suceder todo?

-    Mis yines, si mis yines negros y mis tenis, estoy hecho un divo, je, je, je, por suerte, he podido destruir ese olor de pollo crudo con otros olores, con el viejo y violento olor de los perfumes de mi ruco, el P. Rebone, si Rebone le digo, por que es Rebonito su olor, no por otro elemento, ese perfume me vuelve exótico.

El coche, por Dios, el coche pues, donde demonios, donde ¿sé lo…? ¡Dios mío!, Susy debe creer que no deseo que le confiese los cuentos breves entre piel y piel, ni modo, me iré en bus.

Estoy en este sitio donde los buses, vienen entre segundo y segundo, pero hoy, justo en este oportuno momento, donde me muero por ir, ni un pinché coche rutero, ni un solo coche de color pollo tierno, ni uuuunnnoooo.

Esto debe ser producto de otro momento bélico, estoy solitito en este cintillo de petróleo donde los coches corren, este cintillo negro es muy extenso, no veo ni un solo ser, estoy siguiendo el recorrido del bus, voy con mis yines y mi tenis, con mi revestimiento de color rockero y mi pelo espinoso. El sol es muy intenso, estoy todo sudoroso, grrr, he recorrido mucho y no veo ni un solo pinché coche, ¿qué sucede en este rincón del mundo?

- Susy en su lecho líquido, hojeó en silencio el libro "Cuentos del Ponto" de CRLV, vio el horizonte celestino y sus nubes, vio el nombre de Noemí y luego los discursos de cipotes, vio el reloj, ubicó su videos interno junto con Nyco, quien de seguro, viene hecho un bomboncito −se dijo−, continuó con el epílogo del libro: "lo vi perderse en silencio".

- Voy con mis bluyines en pleno sol del trópico, sudo muchísimo, mi perfume se disuelve en ese trópico intenso, mi olor de pegoste se perdió y se confundió con mi otro olor de hombre, si, un olor fuerte y poderoso, huelo lo mismo que el periódico, después de miles de segundos con mi overol drill, ufff, ufff.

- Susy encendió el holovideo rock que proyectó su propio rostro con el de Nyco, el sonido estereo dejó oír un Bolero Sónico, con el ritmo lentísimo que le dibujo un mínimo sesgo de gozo, Susy se vio en el intenso momento de fusión de su cuerpo con el de Nyco, suspiró y vio de nuevo el reloj.

- He recorrido todo este mundo, no he visto un sitio como este, esto es un desierto, ¿Qué se hizo todo el mundo?, sólo escucho un zumbido, como el ruido de TV. con el control en UHF, todo esto es un desierto, pero escucho que el sonido se vuelve muy intenso, ¿Qué es esto?

- Este pinché Nyco ¿Quién se creé que es?, he visto todos los holovideos en dimensión estereo y no viene, qué sucede, le invite y no viene, sólo poseo sobre mi piel el bikini rojo y ese Nyco no viene, esto es el colmo −concluyó Susy en furibundo enojo−…

Jumj, Jimmj, Jumj, Jimmj, Jummmmmm, he recorrido mucho, he corrido peor que un burro en potrero nuevo y no llegó; Susy debe decir que no le quiero ver, que le he hecho perder el tiempo, todo porque este es nuestro primer sexy-video en edición novel; de todo este recorrido me duele toditito el esqueleto, es curioso todo este universo es como un "desierto" cine Kubrics.

Si, por lo estéril y los sonidos de muerte; el zumbido de TV. Irrumpe por todo este desierto, se oye como un intenso río, pero no con un ruido uniforme, sino como el tremendo ruido de un preludio sinfónico, donde los instrumentos gimen sin control, los postigos contienen los primero signos de homos erectus que veo, todos me ven TV. ¿Por qué?

- Bueno, este Nyco tuvo su tiempo, estoy en un preludio histérico, en un intermedio de furioso vértigo; no conoce este pinché Nyco lo que Susy Poderesky puede…

El timbre sonó con un rigor profundo y Susy Poderesky preguntó por el interfono.

- ¿Si?..
- Soy yo, Nyco, llegué.
- Sí, y ¿qué quieres?
- Bueno, te lo digo en un cuento breve entre tú y yo, solitos
- Si y ¿qué dijiste?, que soy tu juguete.
- Susy por dios, no te enojes.
- No estoy, ni quiero oír tus horrorosos cuentoretes breves.
- Susy, te quiero muchísimo.
- Si, pues dímelo en ruso, ¿qué dijiste?...
- No puedo vivir sin ti.
- Bueno Nyco, si me dices eso, creo que te espero como te dije por teléfono, ¡corre!...

En ese momento, el portón electrónico dejó ver su interior con un ruido interno, corrí como loco, di un brinco, pero en ese momento justo, un ensordecedor sonido irrumpido en ese desierto civil, y se oyó un GOOOOOOOL, un poderoso rugido por todo ese universo y de pronto millones de futboleros en coro diciendo: GOOOOLLLL, luego todos somos, como zompopos rock emergen de todos los sitios posibles, me vi en medio de esos miles de futboleros que me condujeron sobre sus hombros, en un recorrido por ese desierto, les dije ¡No soy Figo! ¡Ni Zinedine!, ¡Ni polster! ¡Ni Diego!, Nooo, ¡No soy Bebeto! Y ellos como locos GOOOOOL.

- Ves Susy por eso no pude venir.

- No, Nyco, en el "Necronomicón" dice que Susy y Nyco son felices en un sitio destino, no con ese cuento bobo de Gooool (con todo y es dejo de niño tonto, que tienes en tu rostro), Nyco bruto…

Y Susy tomó su propio nombre y lo imprimió en un librito, se metió entonces en uno de esos libros de cuentos de Susy, de esos que en el fin dicen…en el próximo número, "Susy versus los locos de fútbol".

¡ESPERELO!...

EEEEEOOOOO

He recorrido miles de kilómetros desde mi pueblo, estoy frente de este enorme coloso de cemento, miles de miles hemos venido de todo el mundo: EEEEOOO, EEEEOOO, EEEEOOOO.

El equipo enemigo quiere destruirnos, me dieron un golpe tremendo, que si no hubiese sido por Cornelius, este momento hubiese sido mi fin.

EEEEEEEEOOOOO, EEEEEEEOOOOO, EEEEEEOOOOOOOO.

Miles de gentes me ven desde diversos sitios muy remotos.

Veo miles de ojos que me siguen en este momento, los gritos de todos diciendo: EEOOO, EEEEEOOOOOO, como los rugidos de leones en punto de término, en lid de muerte versus enemigos inclementes.

Estoy con un vértigo intenso, siento un fiero ritmo íntimo, un fuego interno me consume, irrumpe en mi ser y soy un guerrero en destello de muerte, es un momento de choque versus el enemigo fiero.

Los ecos, el rugido poderoso interno de un hipersonido en movimiento de círculo, ese sonido irrumpe en el silencio interno, se siente como un refuerzo de contendientes sin límite, un refuerzo de término y triunfo, ese eco es el destello de un monstruo que tiene sed de éxito y ningún otro elemento, esto es el sonido de vencedores.

Puedo ver mi rostro en el propio rostro del enemigo, en el propio iris de sus ojos, en los ojos -espejos de mi oponente-, un espejo de hombre, un espejo de hombre, un espejo de fieros equipos con sus colores en el viento y en el terreno del éxito o nuestro último destino.

Pero estoy en este momento en un breve recuerdo, es el momento de unir mi espíritu en este sitio, en el horizonte veo el coloso de Cemento, el monstruo que con su grito de miles de voces oscurece el universo, lo veo que se propone romper el rostro de sol, sus picos en torres de herméticos destellos son testigos de su poder; ese intenso eco es su voz que estremece los confines del mundo, tiene un poder hipnótico, los seres vivos sucumben en su reino.

Sucede lo mismo de siempre, todos en este reducto de Olimpo, nos reunimos entre tiempo y tiempo, esto tiene el propósito de reconstruir el génesis del universo, muchos vienen de todos los puntos de lo conocido y desconocido, de todos los colores, de todos los rumbos; vemos reunidos miles de miles de seres muy diversos, pero todos coincidentes en los propósitos de ver un juego de muerte entre contendientes sin precio.

Los ruidos producidos en muchedumbre, tienen el efecto de un coro en pleno equinoccio de invierno, un coro intenso que en su contorno es eclosión de poder.

Veo el coliseo con sed de lides de héroes, todos con nuestros uniformes nos hemos vestido con el sello del equipo, somos conjuntos– pueblos, ritmos monótonos de bombos sonoros, se nos unen en nuestro porte de guerrero, nuestro equipo tiene en sus uniformes los símbolos del trueno, tiene distintivos de fieros hombres rígidos, nos hemos convencido del triunfo miles de ciclos previos del encuentro, nos hemos dicho millones de veces que seremos los vencedores, este momento resume el futuro, el "prehoy" y el hoy en este juego de muerte.

Un juego reflejo del universo, en espejo y su eco.

Este juego es todo.

Tengo el uniforme en mi cuerpo, lo tengo justo en todo mi ser, respiro con el vértigo profundo de un esfuerzo contenido, flexiono mis músculos, los tensos y los libero, luego repito esto en todo mi cuerpo, giro y roto mi cuello, luego un fuego interno crece, un fuego crece en todos los sitios de mi cuerpo, el ejercicio previo se vuelve un rito de dioses, un rito que me sumerge en un fiero destino de guerreros.

Vemos nuestros giros en un espejo enorme, es un muro simétrico, es el "doble" de mi reflejo, es intenso, me veo con decisión de futuro, me observo con el presente-futuro en mis ojos, soy, el mismo que miles de ciclos previos, entonces veo su destino en este preciso momento, el momento del triunfo.

En el exterior su sonido se oye estridente: EEEEEEOOOOOO, EEEEEOOOO, EEEEEOOOO, su voz es un sostenido signo emotivo de su fe por nosotros.

El jefe nos dice unos pequeños elementos del tiempo, del equipo enemigo, de nuestro sitio ofensivo o defensivo, le oímos en conmoción de término, en un firme rigor de triunfo, en el exterior el grito del coro tiene el mismo sonido profundo: EEEEOOOO, EEEEOOOO; eco que irrumpe en todos los sitios del coloso de concreto.

Tomo mi uniforme y equipo con el rigor de un hombre que sólo tiene eso, tomo mi equipo como un ser de futuro, no sonrío, puesto que eso es los débiles; sé que mi destino no tiene otro sitio, solo éste, sé que es el momento en que sobre todo, ¡pero sobre todo!, mis sentimientos concluyen en mis dedos o mis pies, en mi cerebro o mi intención de esfuerzo por el triunfo, somos dueños de este breve momento pleno de intención, el poderoso segundo en que el futuro es "hoy".

En el exterior, un solo hombre es muchedumbre, su voz es un frenético grito que en consecuentes tiempos, rompe con estridentes sonidos que son un vértigo en todos nosotros, por dentro, donde nuestros ojos ven su rostro, vemos sus pendones de colores, el viento entonces ruge y los colores irrumpen con destellos de los distintivos de los equipos; miles de ojos se unen en todos nuestros movimientos, entonces nosotros somos el sitio-destino de su furor.

Es el momento en que el sol es pleno, es el minuto que el sol es rey, donde se extiende su luz sobre todo, en un recto choque de rostros, nuestro equipo en lento movimiento, como si el tiempo se nos fuese entre los dedos, o como si fuese nuestro último rito de hombre–guerreros, hemos recorrido el mismo sendero que miles de miles, con firme decisión, nuestro equipo se instituye en un sitio simétrico del terreno, miles de pendones en el viento se nos unen, esos colores son los nuestros, en ese momento el equipo enemigo, repite todo nuestro rito, solo que inverso, de nuevo un enorme sonido irrumpe: EEEEOOO, EEEEEOOOO, EEEEEOOOOO con miles de voces que les protegen.

Esto es un rito perfecto de espejos y ecos en hombres y equipos.

Por un breve segundo el silencio es intenso, el protocolo irrumpe con sus señores cónsules, son sus miembros de honor y todo el rigor del fuego en un podio de ilustres.

Los ritos se sumergen en tiempos sin tiempos, en discursos de los príncipes del poder, en voces que sólo ven en nosotros el signo poderoso del triunfo, en el momento de concluir, un sonido envuelve todo: EEEEEEOOOOOOOO; EEEEEEEEEEOOOOOOO, los mismo su poderoso eco: EEEEEEEEEOOOOOOOO.

Y yo sudo en pleno sol, sudo, con mi equipo, estoy firme en el terreno, el otro equipo lo mismo luego de un reverente signo por el público, el protocolo bendice todos los puntos del universo, luego es el inicio del rito de muerte y este es el destino de hombres versus hombres; por un breve momento mis ojos se pierden en el suelo, el pueblo reunido dice en coro: nombres de dioses, s el sonido del héroe, Zeus, ZEEEEUUUSSSSSSSSSSSSSSSSSSSSSSSSS.

Es este es el fin-inicio, Cornelius se formó en un vértice de nuestro equipo ofensivo, yo, en medio del contingente, en oposición del equipo enemigo, él hizo un perfecto espejo simétrico frente de nosotros; el coloso se impregnó de nuestro crúor, el cobre y los escudos se hirieron en concierto de muertes, Cornelius murió sin que pudiésemos tenderle un solo estoque clemente, en ese fin de hombre versus hombres, solo quedé yo, el coloso ve en silencio como mi estoque ve el cielo, como en ese fin horrendo, rindo un tributo por los guerreros muertos, hoy he vivido un segundo en otro segundo… y el coro de muchedumbre con su EEEEOOOO.

El Tribuno con su dedo en el cenit de cielo, decreto mi condición de ser liberto, soy desde este momento un hombre libre... un duro precio de los siervos sumisos, pienso en Cornelius y su sepulcro en el olvido del tiempo.

Clik, Clik, CLik, múltiples fotos y video, en Turín.

-   ¿He Señor, listo?

-   Si, voy, voy, me siento como guerrero de un viejo imperio, como un liberto, como un hombre en punto de héroe, es curioso el nombre de Zeus, en el tiempo los escucho como ZEOOOSS..

Susy se desvistió, se desnudó frente del espejo, recordó su foto en el "desierto pops" y repitió el conjuro que le dijeron los eruditos de oriente, ese fue su punto de inicio-fin en el "extremo" del espejo.

Ese hecho le produjo un estremecimiento intenso, puesto que el rito de su origen cósmico le persiguió y entonces se vio en números, se vio en videos con registros místicos, con sonidos terrestres y con su sello en dígitos: 06.04.1964.

Susy recordó su mundo interno, vio el horizonte lleno de pósteres rock vio sus iones en los centrífugos objetos químicos, esos mismos neutrones que se volvieron locos en su momento, todo porque el mechero bunsen siguió escupiendo fuego, Susy dijo: ¡el té! ¡el té!, ¡el té tiene su punto!.

Limpió el rimel de los ojos y el color de sus lentes, recogió su vestido hecho por redes de diminutos insectos tejedores, se soltó el pelo y vislumbró su destino con Nico en un bosque de besos.

Luego sintió el dulzón olor del té y recordó brevemente su encuentro, recordó brevemente su encuentro con Dick Treicy, fue él quien le descifró el secreto del espejo y por consiguiente como reconstruir su encuentro con Nico.

El espejo tiene dos vídeos en conjunto –pensó– en un borde me veo y en el otro se ve Nico, los dos somos un solo reflejo, un solo ser, un solo ser, solo que en universos muy remotos, yo Susy –se dijo–, soy del cosmos de los Ortofónicos y Nico de los Dimetilsónicos, pero los dos nos correspondemos en mismo nivel químico, si, el mismo nivel de video-sexy –ebullición.

Todo hubiese sido otro sueño inofensivo, de no ser por que Susy invocó el místico sonido de los genios de oriente: OM, OOMM…entonces los dos seres en los extremos del espejo vieron un destello que surgió en los límites de sus universos, entonces los dos seres fundieron sus cuerpos en el limbo de un espejo, en el interreflejo de un eco, en lo interno de un reloj de milenios.

Nico en el borde opuesto, sintió un fuego interno, sintió el diminuto cimbreo de un silbo intermitente dentro del espejo, entonces fijó sus ojos en el espejo…

Los dos emergieron de uno y otro sitio, los dos se unieron en un intenso segundo de pieles y besos.

Es de noche y tomó tu cuerpo, –dijo Nico–, tomo tu piel, voy esculpiendo en tu ser de mujer en mi propio universo, veo el sonido del tiempo en tu voz, y el silbo de tu breve silencio lo devoro entre beso y beso.

Voy consumiendo tu fuego interno con mi frío profundo, voy reduciendo lo lejos con mi próximo encuentro entre tu rostro y el mío, tu respondes con susurros breves y melódicos, cierro los ojos y veo por mi piel, te veo y me veo en ese breve reflejo de nuestros cuerpos en conjunción, en un luminoso segundo que supone el origen de un universo entre dos espejos, tu y yo, en el intenso ritmo de nuestros sexos, te creo y recreo entre los diminutos continentes íntimos de un concierto de dos, en el interior de un estridente ritmo de Chopin, solo tuyo y solo mío, solo nuestro.

Y tú fuiste correspondiendo todos mis besos, te convertiste en un espejo con piel de mujer, un reflejo profundo de mis sonidos internos, de mis sueños sónicos, con el infinito ritmo de tu ser femenino, te vi corriendo en torno de mis sonetos en politonos de Beethoven, nos reunimos entre dos sitios límites, tu con tu vértigo de mujer entre rubios rojos del signo del viento y yo un rombo purpúreo de los guerreros del tiempo.

Entre los dos surgió un fuego de ritos felinos, un fuego de gemelos entre los extremos de dos universos.

Los dos seres unidos en ese limbo de espejo dimensión, se fueron consumiendo uno en el otro, Susy con su pelo suelto y Nico con su visión de guerrero de tiempo, los dos fundidos en un intenso "desierto pops".

Llegó un momento en que su unión corpodimensión les invirtió de horizonte, entonces Susy fue Nico y Nico, Susy.

Susy se fue convirtiendo en Nico y Nico en Susy, esto es posible en el mundo de los espejos rock.

Susy en su momento fue Nico, su voz de hombre le provocó un susto terrible, se vio en el mismo espejo como un ser que no tiene un solo pelo de femenino, se ve con sus tenis y hombros fuertes, con su rostro firme, entonces recorre su nuevo cuerpo de trecho en trecho, y ve su sexo… ¡POOOMMM! (golpe seco que Susy provocó en el piso, en el momento de tener un síncope).

Nico en el otro universo del espejo, se vio con el rostro femenino, con el fino dibujo de un ser eminentemente bello, vio su cuerpo de trecho en trecho, recorrió muy lento todo su nuevo cuerpo y descubrió su intimó femenino, entonces, dejó oír un tremendo grito de terror, dio un terrible brinco de susto e imploró en el muro de espejo, por el retorno de su cuerpo, no porque no le diese gusto su nuevo sexo, sino porque en un póster del muro de

Susy, vio dos seres Ortosónicos en conjunción de sexos, y él como todo un Dimetilsónico no pudo resistir el horroroso póster porno rock. Pobre Nico, sus gritotes se confunden con el ruido de los coches y el metro, que suelen tener un coro conjunto, frente del espejo de Susy.

Susy recobró el sentido y se incorporó con su tono profundo de voz, comprendió que el secreto del espejo es el sonido que los eruditos de Oriente le dijeron, entonces pronunció de nuevo OM, OOMM.

De nuevo se unieron Nico y Susy en el limbo espejil, de nuevo produjeron un tórrido encuentro sexy corpóreo, en el estrecho límite de un espejo y su eco, Susy y Nico, que en ese encuentro ninguno supo quien es quien, ni si uno es uno, o uno es el otro, vivieron entre si, uno de esos episodios que suceden en el mundo de los espejos. O mejor dicho en un "desierto pops".

Los dos volvieron de ese limbo con sus viejos cuerpos, de nuevo Susy se vio con su bello reflejo y en el otro extremo, Nico con su rudo y viril cuerpo; Nico se peinó como hombre sincero, pero recordó un pequeño sexyvideo con Susy.

Susy quitó su último rulo y dio un brevísimo reprisse del rimmel de sus ojos, como otros miles de pormenores muy femeninos.

Todo hubiese tenido un cursi fin de comics no ideológico, de no ser porque el noticiero de televisión inmundo su sitio-reposo diciendo: "crimen de 6 clérigos jesuíticos en su recinto de estudios, en noche del 16 de noviembre.

Esto le provocó un choque emotivo y lloró.

Eso solo sucede en el mundo de los dimetilsónicos, el mundo de Nico —se dijo—, el espejo me encerró en este universo horroroso —confesó—.

Entonces sonrió, porque comprendió su futuro y su destino, después de todo con Nico.

Fútbol Rock

El cuero es un ir y venir potente, le tiro como viene, giro y doy miles de goles sobre ese esférico, sólo son 90 minutos, pero eso es todo un universo, el sudor me consume en este cosmos de juego.

Sudo muchísimo, sudo como si fuese fuente de poder, como si mi suéter no tuviese otro destino que el de ser mi piel, sudo con ese intenso furor interno que consume mi deseo de éxito, soy un guerrero que tiene el firme propósito de vencer, soy en todo momento, un hombre que tiene fe en si mismo.

Estoy en el terreno de juego, me enfrento de golpe con miles de millones de ojos, son los mismos sueños que tuve de niño con el River, en los juegos de futbolito con esféricos de juguete, con los chicos; los vidrios rotos del vecino que irrumpen con su sonido estridente y eso nos devuelve lo concreto del mundo, puesto que el pobre esférico no le vemos de nuevo, en ese segundo, nosotros solo corre y corre, porque los vecinos te siguen, todos huimos como locos todos huyendo, y tu corre y corre.

Esto es todos los momentos que podemos, el fútbol es todo, si yo pudiese mover el esférico, como Pelé.

Hoy sostuvimos un juego con el Independiente Juniors, esos locos mueven el cuero, por poco perdemos.

Sueños con los goles y si meto uno, duermo muy poco de noche, despierto de noche, entonces me veo con el uniforme: "celeste y níveo", como un hombre de selección.

Duerno requete contento con mi uniforme puesto, me veo en el terreno con mi uniforme de selección, me veo con un público que ruge con mis toques sobre el esférico, esto es un dúo perfecto el fútbol y mis sueños.

Mis botines tienen un brillo encendido, les dejo en un sitio visible y sueño con mi equipo; nosotros y ellos, nosotros del River y ellos del Independiente, en mi sitio-reposo, tengo los pequeños trofeos de fútbol, mi foto con mis viejos y yo sonriendo con nuestro primer torneo, mi perro persiguiendo el esférico, un pequeño reporte de periódico que dice mi nombre confundido entre otros cien nombres de chicos, tengo mi primer recuerdo de Susy, un mechón rubio de sus rizos.

Susy con sus vestidos verdes de domingo, se detiene brevemente y pide permiso, nosotros detenemos el juego, yo le veo, con mi cuerpo lleno de sudor, le veo, me emociono de verle, me siento orgulloso de ser futbolero, de meter muchos goles. Susy sigue su sendero con sus menudos botines, sigue con su vestido verde. En el templo se reúnen muchos obreros con sus hijos, en este pobre suburbio, Dios nos reúne de domingo en domingo y ve el juego de fútbol desde el cerro y los podios de cemento.

Dios nos ve y de seguro, tiene gusto por nuestros colores, porque de vez en vez, los goles que metemos son como si fuésemos brujos, hemos hecho goles de locos, golpes que en el viento son el dibujo de un círculo; Dios de seguro inventó el fútbol, porque con eso no nos destruimos los unos y los otros.

En mi sitio-reposo tengo muchísimos discos rock, los "pigmeos verdes", je, je, je, bueno son los "E. Verdes", El TRI, los S. Stereo, de Miguel M. y de Miguel Ríos; les doy todo, el volumen que se puede, mis rucos dicen que les doy un vértigo de solo oír mis sonidos, mis gritotes de hombre mono, se oyen por todos los sitios del suburbio obrero, me dicen el "pelos" o "peluso", el rock y el fútbol son mis universo con un poquito de Dios, bueno, un poquito porque en el momento de ir perdiendo del juego: rezo.

Los sonidos rock tienen el complemento interno de ser un motor de mis pies, esos sonidos tienen un nexo con el ritmo del juego, sonidos de furor guerrero, gritos en pleno sol de domingo, es que tengo un enorme deseo de éxito, sed de vencer y no ser pobre.

En este territorio obrero, solo se conoce el fútbol, el rock y un poco de Dios, éste último es nuestro mejor cómplice, si perdemos, no vemos el templo en mucho tiempo, si vencemos, el templo se vuelve un mitin obrero.

    - Yo..si perdemos, lloro.

    - Ves mi buen Dios, ¿Por qué el réferi es tu opositor? nosotros somos los buenos.

    - Los otros siempre son los demonios, ¿creo, no?

En mi sitio-reposo tengo un tele b/n, donde los domingos veo los equipos superiores, es que tengo fiebre por el fútbol, fiebre que me consume todo el tiempo, en un vértice del libreto tengo un póster con el Rey Pelé, con el puño dirigido sobre el Cenit, es un ser victorioso, un hombre querido por todos, el signo de éxito en su rostro, es el número UNO; en el suburbio obrero que vivimos, todos los chicos corremos por un esférico, le doy durísimo, conozco uno que otro truco del viejo, por ejemplo los efectos zurdos o derechos, los tiros rectos, los frenos del esférico, los tiros libres y otros que los he comprendido por los golpes en mis tobillos.

Me veo con otros chicos en un inmenso coliseo, defendiendo los colores de mi pueblo, como si fuese un elegido, como un hombre de selección.

Voy con mi equipo como héroe, me dice Diego, conduzco todo mi esfuerzo como un hombre con sed de éxito.

Hoy que es nuestro último juego, todos hemos dicho nuestro pequeño conjuro, somos hombres que tienen en sus pies el sueño de miles, hoy es un intenso presente sin retorno. Sudo, mi cuerpo se hunde en un profundo sudor, mi suéter celeste y níveo lo llevo con orgullo, soy un hombre con el destino en el fútbol.

El coliseo es un foro inmenso, con los sonidos del tiempo en un segundo, los ruidos con voces que en coros irrumpen diciendo: EEEOOO, yo solo pienso en Dios; hoy que miles de seres me ven, recuerdo mi suburbio obrero, los chicos pobres, ese sitio-dormitorio donde los productores solo tienen de juego el fútbol, el deseo obsesivo de no ser pobres y el templos los domingos.

Venceremos, Venceremos, decimos en coro todos los del equipo, hoy es el último juego del torneo, este es el juego del trofeo del mundo. "Venceremos" "decimos todos de nuevo".

¡Venceremos! ¡Suerte Diego!

Yo rezo un poco y pienso en mi suburbio obrero…

¡VENCEREMOS! –contesto, con un grito poderoso–

Diversión con signos religiosos.
(06.08.1526)

Estoy en un tiovivo, giro en medio de luces, giro en muchos círculos extremos, los sonidos estridentes repercuten en mi cerebro, el mundo se mueve en un ritmo muy diferente del mío, el tiovivo tiene potros en muy diversos movimientos, uno que otro es un coche, yo voy en un bridón con puntos negros, rojos y verdes, todos somos jinetes diestros en este espejismo redondo, por momentos pienso que todo pierde sentido, puesto que sobre este noble corcel sin humor me veo como un superhéroe y emerjo de un nivel inferior; pero en el contexto se oyen muchos sonidos simples, sonidos que repiten lo mismo, sonidos de niños con luces fluorescente que me sugieren correr por miles de kilómetros en tiempos remotos.

El movimiento de este filoso corcel, repercute en todos mis sentidos giro en los bordes de este equipo de hierro, son miles los destellos luminosos los que me producen un potente video interno, entonces cierro los ojos, el tiovivo cumple con su intención, empero un público perpetuo nos ve desde los límites del círculo, ellos tienen su mundo nosotros tenemos el nuestro desde nuestros bridones, esto es como un movimiento de serpientes, voy junto con Vero en trotones electrónicos, como otros muchos jóvenes que corren en sus corceles de hielo, todos tenemos escudos, con estoques en misiones por un mundo sin fin.

Oigo el tenue sonido de un bufón que me predice hechos del Sur, sucesos en un diminuto territorio, creo que Vero debe sentir lo mismo, yo me río de ese presentimiento, porque en este urbe de concreto, todos tenemos un futuro no escrito.

Junto con Vero recorro el mismo círculo, el mismo destino en medio de miles de luces que reproducen múltiples videos, los destellos irrumpen junto con hipertonos sinfónicos, esto es un desorden de sonidos, miles de ellos corren de sitio en sitio, como conejos, liebres o serpientes de colores briosos, el vértigo es un repelente concreto de este orden, en este micro-urbe todo tiene en su frente el sello de E.S.; o el ritmo S.S. como un referente preciso en el mundo, de un sitio, un destino o un recuerdo fúnebre.

Esto es un sitio de juegos electrónicos, diversión con signos religiosos, un momento sexto del mes número ocho.

Pierdo el sentido, me siento en un vértigo infinito, deseo un encuentro con Vero, pero no le veo, me remonto en otro sitio de 1526, donde los ejércitos indios e iberos definen nuestro futuro, en el único sentido que los iberos entienden ¡destrucción y muerte!.

Me descubro como un jefe ibero, tomo mi estoque y lo en filo con dirección del cielo, le doy un movimiento de círculo, esto es el símbolo de inicio, en eso dejo oír mi voz en grito: "Por Dios y por el Rey", entonces con un fuerte golpe sobre el potro con piel de hierro, en tropel de infierno, en filo con mis huestes con todo lo que tienen los corceles, entonces embestimos el ejército indio, es un fiero encuentro, ellos descubren que corceles y hombres son distintos, que morimos por idénticos golpes, nuestros cuerpo es como el de ellos; los perros que tenemos intervienen como fieros guerreros, pero los indios tiene el noble propósito de no vender su territorio ni su reducto-pueblo; el ruido es intenso, los sonidos de sus cilindros sonoros no pierden su ritmo monótono, en ese vértigo furioso, otro contingente de indios nos sorprende, les veo venir sobre nuestros puntos débiles, entonces ordeno un breve repliegue por el rumbo inverso, mis hombres obedecen en ese preciso momento, como un solo hombre, presto dejo venir el contingente indio, de nuevo ordeno un furibundo choque con nuestros corceles, ellos se detienen un momento como si nos diesen tiempo, nosotros sin temor embestimos, voy de frente como un símbolo de fe, sólo pienso en morir por mi Dios, en ese preciso momento, mi corcel se hunde en un pozo lleno de miles de pinchos con filosos dientes, puedo oír como otros ibéricos corren el mismo destino, pero mi potro tiene un grotesco rictus de muerte, y yo siento como un líquido corre por mi cuerpo, veo desde el fondo un poco de luz y borroso, luego todo se oscurece y el contexto tiene sonidos muy débiles.

Hoy es un 6 del mes ocho de 1526

De voces urgentes, todos piden un médico, éste con presto rigor, me ve y pide se retiren. Yo veo mi cuerpo y les digo que me siento bien, les grito pero ellos no me oyen, entonces les toco y mis dedos no se detienen en su cuerpo, sino que se siguen en el infinito, toco mis dedo y éstos son como resinos que se extienden, ¿estoy muerto?, ¡pero si yo no estoy muerto!, ¡mírenme!...entonces siento un vértigo sobre mi interior, un círculo intenso me imprime un ritmo veloz del que sólo siento como un ciclón en los límites de mi piel, luego muchos sonidos y luces.

Me descubro tendido en el piso, con líquidos en mi rostro, veo los juegos electrónicos en este microurbe, veo como Vero tiene su rostro compungido por este incidente.

- ¿Vero, qué sucede?
- Por un momento sentí tu muerte.
- ¿Por qué?
- Perdiste el conocimiento y luego tu rostro perdió todo su color, repetiste unos como conjuros, unos símbolos irreproducibles, como de otro tiempo.

- No recuerdo Vero y luego.

- Tu cuerpo convulsionó y te retorciste de dolor como si te hiriesen.

- Oh, eso es un cuento Vero, no puedo creerlo

Miguel no pudo moverse del piso, vio el tiovivo con los corcejeles de colores vio luces con destellos intensos, sintió como un video interior se escenificó en su mente, donde él siendo jefe ibérico encontró su mente en un pozo indio, sintió miedo y su rostro se encontró con el de Vero con un beso entre temeroso y confuso.

Vero tocó el pecho de Miguel y sintió un líquido tibio extendido en su cuerpo, en ese momento un diminuto susurro emergió de Miguel: Iesus, et tetigit eos, dixitque eis: Surgite, et nolíte timeré…

- Ven, ven, ven,
- ¿Qué?
- Juguemos.
- Sí,
- Yo soy el Comodoro, ¡el Jefe!
- Y yo soy El Rey, ¡tu Rey!
- No, eso no se puede.
- Sí, si se puede.
- No, no se puede y si no, no juguemos.
- Bueno;
- Yo soy Esqueletor
- Yo soy entonces El Rey Esqueletón.
- NOOO, no juego y punto.
- Bueno, no llores, no llores,
- No es que tu, no quieres, yo soy el jefe, el juego es mío.
- Si, pues, juguemos
- Bueno yo soy un pequeño Rey y debo tener muchos nobles, tú eres uno de ellos.
- Si, yo soy un príncipe; ¡El Príncipe heredero del trono! ¡muy inteligente y muy cortés!
- Noooo, tonto. Sólo eres un príncipe, que no tiene ni un potro, sólo tienes un borrico, chiquito y pelón.
- No, soy un pequeño príncipe que no teme de ogros, ni brujos, ni seres enormes, soy un niño que tiene el conocimiento de todos los mundos y voy en un jet.
- Noooo. No juego, solo eres un bobo, me voy, me voy.
- Bueno, bueno pues, ven, ven.

Los ecos se perdieron entre los enormes muros de concreto, muros que tienen en su interior por prisioneros todos los niños del mundo. En ese enorme edifico de concreto, un ser medio ogro y medio monstruo, un ser de nombre "Eliminoferum" decidió tener en su prisión los sueños de todos los niños del mundo y los hombres perdieron el sentido del reino invisible.

Esto sucedió en un remoto tiempo, donde los hombres y mujeres fueron perdiendo sus sueños, fueron niños por muy breve tiempo y hoy solo por segundos tienen momentos de lucidez, entonces tienen destellos de ese reino perdido, pero con el tiempo, pierden su poder de "ver" y se vuelven viejos y sin sueños.

Sucedió en ese tiempo que los sueños se convirtieron en un niño, que huyó y se refugio en un bebé de los hombres y mujeres sin sueños, se escondió como pudo dentro de un pequeñín y que se quedó muy quieto.

El terrible monstruo Eliminoferum, se percibió del suceso y con miles de demonios ordenó suprimir todos los niños del mundo en los reinos de los hombres, un enorme y cruel suplicio sufrieron los hombres, pero los "tutores del niño de los sueños huyeron de esos sucesos y se fueron por el desierto de los sonidos.

El niño conoció miles de sonidos cósmicos, miles de silbos y ruidos que fueron el complemento de su voz.

El niño se fue convirtiendo en un poderoso señor de los sueños y con su voz, débil, predicó por los nuevos sueños y silbos del universo, primero con los seres del desierto, luego con los peces de Neptuno, con los reptiles de Delfos, con los seres conocidos y desconocidos de Efeso, todos los seres descubrieron que los sueños son posibles y que un niño les dice lo que ellos perdieron por el Ogro Eliminoferum.

Luego que cesó el furor de persecución de los demonios de Eliminoferum, los tutores genéticos del pequeño volvieron sobre su viejo pueblo, el niño recorrió los sitios obreros y jugó con los equipos públicos de hierro, se conmovio de ver que los hombres no tienen sueños y entonces comenzó un breve cuento…

Eso hizo que todos se reuniesen en su retorno y descubriesen de nuevo un mundo invisible y muy próximo.

El niño terminó su cuento y corrió por el pueblo, pero los hombres embebidos de sus cuentos quisieron otros, el niño comenzó de nuevos otros cuentos, muchos cuentos y pronto los pocos se convirtieron un multitud, todos queriendo oírle.

"Os cuento de un reino con hombres sin sueños"

"El cuento de los seres con destino diferentes".

"El cuento de los pobres y sus inmensos reinos"

"Los sonidos de los tiempos y su fuego interior"

Pero los tenebrosos seguidores de Eliminoferum, quisieron detener los sueños de los hombres, emitieron órdenes y leyes, se prohibieron todo tipo de reuniones, se decretó un edicto preventivo sobre el que fuese sorprendido oyendo los cuentos del niño. Un destino de muerte se dispersó por todo el mundo, por todos los pueblos, muchos temerosos y débiles huyeron, otros prefirieron el silencio, pero otros decidieron seguir.

El niño con sus cuentos siguió escondiéndose y huyendo con sus tutores genéticos, fue de sitio en sitio, como si los cuentos fuesen nuevos reinos y sonidos. Los hombres comprendieron que tener un sueño es lo mismo que vivir de nuevo, un sueño es como si el tiempo retrocediese y se pudiese volver posible un reino próximo e íntimo.

Llegó el momento que el pequeño decidió no huir y decir todos los cuentos del mundo en sitios públicos, en los sitios donde viven los obreros, donde duermen los pobres, donde se reúnen de domingo en domingo los reyes del fútbol y en todos esos sitios miles de hombres y mujeres, vieron como un pequeño que les dice cuentos posibles en un mundo imposible, todos se vieron unidos por ese sentimiento mínimo e inofensivo de los cuentos y los que creyeron vieron otros reinos invisibles.

Pero Eliminoferum tocó el cerebro y pecho de otros hombres, les dijo que el niño es un ser que quiere destruir con esos breves cuentos el universo mismo, creer en esos cuentos es subversivos y que el pequeño debe morir por ello.

El resto del cuento es un pequeño secretó, porque he oído muchos cuentos de niños en este pueblo en conflicto, y creo reconocer el signo del terror de Eliminoferum en nuestro entorno.

Y hoy justo en este segundo, un niño quiere decirme en secreto un breve cuento…

- Ven, ven...

Ese número impreso en el rubí me provoco cierto vértigo este momento. Uno tiene presentimientos confusos y destellos de sucesos múltiples, como si hubiese vivido en otros tiempos, incidentes etéreos o prodigiosos, uno de ellos es este…

El viejo leyó en su Necronomicón un viejo conjuro, protegiéndose con sus poderes de brujo en rigor de guerrero, siempre dispuesto en vencer lo desconocido.

Eso es el último límite –se dijo – puesto que siempre se preguntó ¿Qué existe después del cielo? ¿Después del cerro? ¿El en interior de un rubí? ¿En los bordes de los círculos exteriores? ¿Dónde viven los que no mueren? ¿Existe el territorio de los niños perpetuos?

El viejo decidió su futuro en un segundo, pues ese último territorio lo consideró el póstumo privilegio de los elegidos, ese fue el territorio perpetuo de los niños, donde por ese objetivo venció indecibles riesgos; el viejo se fue por los desiertos con su estoque poderoso, donde existe el vertiente de miles de colores, donde se enfrentó y luchó con el poderoso Elohim del Olvido.

Este es un ser que no tiene ojos, que ve desde el interior de los silencios, que come de los olvidos de los hombres, que vive en reinos misteriosos en un remoto "prehoy", vive dentro de miles de seres y luego se pierde entre los sueños, este enorme ser, tiene miles de nombres secretos, números en su piel, signos de voces que en otros tiempos fueron voces de enormes pueblos, tiene conocimientos de millones de universos juntos, visiones de los seres que nos precedieron en tiempo, posee el poder de espejo del hielo; dicen que ese espejo tiene el poder de emitir destello sobre los seres que le ven, luego de ese espejo emergen todos los temores ocultos de los pobres seres que le ven, de ese espejo se expelen viscosos insectos que se unen entre piel y huesos de los inocentes, es entonces que el poderoso Elohim del Olvido obtiene su poder, entonces desde el interior de estos seres, come y bebe del miedo en el miedo, de silencio en silencio, puesto que en el momento que el miedo vence, los seres sometidos se pierden por siempre en el reino de los desiertos. En ese reducto se vive en dimensión sin límite, sin control, en él todo referente fue perdido con ese propósito. El viejo en su momento decidió ir por el Elohim del Olvido, entonces como guerrero mítico en su corcel de luz, decidió sin temor, poner sitio en el reino de los temores libertos. Desde lejos vio los bordes del reino, diviso los viscosos destellos del espejo del hielo, en inmenso territorio del olvido, en él millones de seres se confunden entre miles de direcciones sin rumbos sin Norte o Sur donde ir o venir.

El viejo confió en su secreto y esculpió un número preciso en su rubí, elevó un conjuro sobre el viento y sobre todos los rumbos del universo, con ello decidió su suerte con fe en el poder de los seres que deciden su propio futuro.

Este el secreto de los hombres y mujeres eternos.

Los sonidos de su corcel disminuyeron de tono, en ese reino se convirtieron en un lento ritmo de ecos y susurros.

En ese reino, el viejo distinguió enormes períodos de olvido, urbes de seres semietéreos como gel, seres medio-hombres y medio-dioses, vio el fin de sus ciclos, vio como el señor de los silencios en medio de sus urbes fue poniendo sitio sobre sus mentes, les fue destruyendo su sentido de oírse y verse ellos mismos, porque esos seres prefirieron verse solo desde el rostro exterior, por sus inventos lujuriosos, o por sus extremos poderes tecnológicos; el Elohim de Olvido les fue destruyendo su sentido de ser ellos mismos, de ser uno, de su mínimo presentimiento.

El triunfo de este ser fue perpetuo, los seres se consumieron en un mundo exterior sin sentido, se fueron volviendo como insectos seguidores de estímulos externos, se convirtieron en seguidores del Vellocino de Oro, ese fue el signo del triunfo del Elohim del Olvido.

El viejo siguió con su corcel sobre enormes riscos y cerros profundos, en el centro de ese desierto pudo ver por fin el trono del Elohim, en su entorno miles de sirvientes consumen los desechos del Vellocino de Oro, ellos no son concientes de sus hechos; vio en todo ello como su sed de poder les corroe sus cuerpos, pero lo peor es el momento en que pierden sus ojos, su rostro se vuelve como el del Elohim del Olvido.

Sigo mi rumbo, sin detenerme sigo en mi perpetuo deseo de vencer –se dijo –

Por fin, de frente con el Señor del Olvido, le veo, es un enorme ser, un coloso viviente, su rostro deforme no tiene ojos, él presiente mi intención y con su espejo de hielo pretende convertirme en su prisionero.

Mi corcel de pronto enloquece, se vuelve un ser como otros, es imposible tener control sobre mi noble potro y le dejo, en ese sitio.

Sigo como puedo y huyo de los destellos del espejo de hielo, por fin, de frente con ese poder inmenso decido mi destino en este hecho.

En este encuentro inédito en todos los tiempos de los tiempos, veo como el espejo de hielo emite destellos sobre mi cuerpo, tiene un poder hipnótico; yo toco mi bolsillo y busco mi conjuro esculpido en el rubí eterno, veo como emergen miles de temores de espejos, en ese momento comienzo mi conjuro predicho por el "Necronomicón", repito un número impreso en mi rubí, lo repito con voz de cuello; el Señor del Olvido ve como un hombre guerrero, no teme de su espejo, pero de lo profundo del espejo emerge mi propio rostro, ese rostro repite miles de hechos dolorosos, miles de sucesos que no quiero repetir, me consume el terror de ver un pueblo lleno de muerte, en ese sitio mueren miles de miles, me consume el sollozo de miles de inocente, los fusiles inclementes son los jueces de los niños en todo este doloroso momento.

Yo veo el conjuro y repito con todo lo que tengo el número secreto: 639426, 639426, 639426…y mi voz me consume entre difusos recuerdos.

¿O es sólo un número sin sentido? Es muy curioso.

Estoy seguro que esto no es solo un cuento, porque desde que los lectores leyeron estos cuentos, el Elohim de los silencios tiene un reino menos en su dominio.

Monseñor Romero niño

Mi triciclo vivió muy disperso entre esos juguetes, por él mi tutor genético vivió un enredo entre su dinero y mi deseo.

Fui muy loco, con mi denso sueño cíclico minucioso y obsesivo, mi triciclo se volvió mítico, le vi en ese vítreo sitio en un fondo muy visible, listo y fino, como obsequio de niño bueno.

Fui impertinente y fisgón, mi mundo se volvió "tri", estridente y triminuto por ese triciclo recurrente.

Mi ritmo endeble, se enfiló en el logro de un bello movimiento de ciclos, mi vigor de niño menos de un decenio, se fue resolviendo por un digno y resoluto punto sin retorno, ¡quiero mi triciclo! ¡QUIERO MI TRICICLO!

No vi otro triciclo, solo ese, mis mentores en seducción de elogios, en el mejor estilo liliputiense, se unieron en elementos de emoción versus mis intereses.

Horror de noches sin triciclo, por fin mis tutores genéticos cedieron.

Mis pies en posición "orto" en el triciclo, se disponen como signos de un buen destino-fin, es un símil de pequeño destino en el íntimo conocimiento, ese pequeño y enorme límite de mi Universo.

Un signo de mi pequeño juego se enciende en recurso de impulsos directos por mi triciclo.

Diestro en mi triciclo índigo, giro en pomposo movimiento, mi voz es un instrumento de visión.

Espero que mis tutores-genéticos, por mis enormes gritos me observen: "pi, pii, piii, piiiii" y ellos en elogio ingenuo fingen correr, luego brum, brum, brummm, voy dispuesto sobre ese universo propio que contiene muchos signos, en versos rigurosos de nene gritón.

Los juegos emergieron de muros y pisos ficticios, como reflejos en lente hiperdimensión; mi triciclo no es un límite, es mi evidente visión y mi juego infinito.

Mi muro es un enorme espejo, mi muro es un límite que se hizo visible de pronto, pero tiene sonidos como el de Pink Floyd, son sonidos en desvío de Simiente.

Todo un torbellino eufórico, mi tutor genético grito, protestó: ¡es suficiente con el ruido de tu voz! ¡No quiero oír esos horrorosos grupos de Pink Floyd o Simiente! ¿Óyeme? – Dijo mi tutor genético, en tono muy lento-, no deseo oír discos ni ruidos.

Yo no quise conmover el sitio y me retiré muy lento de mi tutor genético, siempre en mi triciclo.

El rock emergió de pronto en el sitio donde llegué con mi triciclo, el muro, los ritmos el vértigo de recuerdos y fotos; pero no me provocó temor, sólo fue un minuto oscuro, como un breve signo sin sol, mi triciclo provocó en mí el uso de los inteligentes cómputos de fin e inicio en ese breve minuto.

En ese pequeño territorio, en ese mi límite de origen étnico, el viento del conflicto improvisó todo, suspendió los juegos, demoró en presente nuestro futuro, detuvo el sonido decidido del rock con protección de primogénito, pero no dudó en suspender todo.

El conflicto civil oprimió mi triciclo, le detuvo en un muro interno, le sujetó como ese noble de Luis XV con su rostro ocultó.

En cierto momento, en el mismo en el que el sol penetró un orificio del minuto oscuro, pude ver un bosque encendido, un hirviente brío en un horizonte de color, un ruedo o redondel fecundo de breve diseño rock.

Yo me volví seco, enjuto e infecundo en el contexto pero con mi visión muy débil, pude ver el fin del conflicto y en ese ropero viejo y polvoriento con olor de incienso, furioso sin remedio, en vuelco de trueno, con un segundo impulso en ese cosmos prisionero, en un pequeño estuche de tesoro, vi. un niño Monseñor Romero, un niño Monseñor Romero en luz y sonido, en foto de recuerdo, con muchos ciclos sin olvido, entonces le vi melodioso, le vi en un video emergente de ese cofrecillo. Con mi triciclo en el borde de ese pequeño limbo tomé el video del niño Monseñor Romero, de su metódico credo subieron miles de intrépidos gorriones, que fueron el nexo entre mi triciclo y el post-universo interno del Monseñor Indo ibérico.

Su voz comenzó en pequeño rezo, comenzó por un recuento de ese pueblo indefenso, en un diminuto sonido que invocó el serio diseño de su misión y compromiso.

El tiempo no logró el olvido en furioso pretexto, en suerte que Monseñor se perpetuó en nosotros.

Un Monseñor Romero que se incorporó con todo su video en mi triciclo, en ese círculo fue un solo tiempo, vi en él de un destello celeste, él se unió en mi triciclo como otro niño de juegos.

Junto con el niño Monseñor Romero que emergió de ese mínimo cofrecito, se proyectó como un video en mi cerebro, hubimos de subir enormes bisontes del trueno, entrevimos el cielo rebelde donde son dichosos los elohines, nos metimos en un inmenso universo de juguetes, luego vivimos otro microcosmos, en un sutil y fino sendero de insectos tejedores, donde múltiples son sus redes de vidrios, sus proyecciones de color, sus muros recintos y sitios míticos.

En ese video de juguete, Monseñor inició nuevos senderos de tiempo, en cierto momento ese Monseñor niño, trepó por extensos seres de color níveo, seres con frutos de pericos, pinos, cocos, seres vivos con tope de cielo; luego tomó un limón, tomó muchos frutos de ese trópico nuestro, corrió por los espejos de líquidos silvestres, bebió en ojos de perdices en pleno suelo indio, imitó el silbo del Cipitío, voló como torogoz en ese horizonte sin límite y como un petirrojo erguido entonó el coro de un solo sonido por el pueblo diminuto; vigoroso inflexible e irreducible en su objetivo de ser libre.

Juntos recorrimos los senderos de zompopos en rieles de bejucos, en puntos de misterio entre los tupidos montes de lorocos; mi triciclo se internó en ese complejo terreno donde seres con vuelo nocturno se vuelven un rebote de reflejo, entre ellos y nosotros; de nuevo somos esos seres y nos vemos en vuelo. Somos el sorprendente destino de tu proyecto y su retorno; somos el lejos y el tope de ver y vernos en el inmenso rumbo de un juego de niños.

Mi triciclo se fue por esos inciertos sitios, fuimos como testigos de otro mundo muy posible, entonces Monseñor niño lloró, por un minuto oscuro e inexpresivo, en un sitio sombrío; dibujó círculos mínimos de sollozos y su rostro se imprimió de pequeños espejitos, esos fueron diminutos hidrógenos y oxígenos propios en giros sin fin, estos fueron pequeños círculos en tronos líquidos en su visión.

Fue un encuentro litúrgico, entre el fruto del trigo, el vino con el verbo, el encuentro que no tiene olvido, entre el hombre y Dios... veo mi encuentro con el espíritu eterno – confesó- en el rito que provoco en su nombre, bendigo el trigo convertido en cuerpo del hijo del hombre, bendigo el vino que es licor vivo del cuerpo del elegido, rezo con mi espíritu presto en mi destino... Veo un destello de luz desde un vehículo que en lento movimiento se esconde en los reductos grises del templo, entonces siento un golpe en mi pecho y mi vino rojo interno se extiende sobre mi piel.....

Terminó ese destello de espejo-futuro... Monseñor Romero, pronunció un perdón por los Señores del Odio, en versos tímidos de comprensión por sus verdugos del futuro....Yo hice mover mi triciclo en otro punto y nos fuimos de ese sitio. Monseñor niño siguió en sollozo.

Nos fuimos por nuestro rumbo, donde nos sentimos mejor, pero él contempló un extenso silencio... no pronunció un solo verbo...

Mi triciclo giró y giró, en círculos superextensos, enormes rubros esféricos sin número, sin tiempo.

Mis juguetes se fueron perdiendo en un enorme desfile vespertino, entonces el sol se movió de dimensión...

Monseñor Romero se convirtió entonces en un Ministro de Dios, su niñez se quedó en un pequeño cofrecito en foto de recuerdo, como un niño entre otros niños.

Sucedió un ciclo de conflicto civil, donde en un momento cruel, unos hombres demonios, hirieron de muerte todo nuestro universo.

Ellos pusieron fin con un funesto tiro de rencor, el sueño de millones de niños, el sueño se convirtió en un sepulcro del niño discípulo del Hijo del Hombre, se convirtió en un ser símbolo... sucedió como en su sueño de niño.

El mundo en profundo silencio, lloró por Monseñor Romero.

Lloré.

En mis pequeños videos internos, veo mi triciclo, entonces recupero el cofrecito de cobre lleno de signos y recuerdos.

Recuerdo entonces otro niño, en juegos de triciclos, con su premonición de futuro y su voz de perdón por el oscuro sendero de los señores del odio.

El libro perdido

En su sueño lúcido, el hombre buscó como loco el libro perdido, él lo persigue puesto que su misión es descubrir un genio riguroso, que escribe en ese texto sin destino.

Él irrumpió en el círculo interior, en el sueño del nivel R.E.M. que le fue inducido; este momento R.E.M, es el momento en que los ojos se mueven, entonces se ve en el sueño, se viven dentro del sueño. El hombre en su sueño lúcido descubrió el torno de un libro. Pero se enteró que existen otros textos perdidos como ése.

Muchos de los libros perdidos en todos los tiempos, son de diversos pueblos, existen en sitios remotos donde se esconden seres dolientes, esconden vestigios culposos, son como demonios en símbolos, son como seres repulsivos.

El hombre revisó sus referentes del complejo hecho, su misión de detective viejo, le indujo no dormir, el presidente le ordenó no detenerse en ningún momento; él se jugó el pellejo en un remoto y diminuto pueblo en el Sur de México.

El secreto no se divulgó en mucho tiempo, tomó su plumín electrónico e imprimió unos símbolos deformes, esos logos primitivos no son reproducibles, horrendos perfiles de seres sin color vivo, sin reposo en sus rostros; el hombre con su oscuro y sombrero, se inclinó sobre un muro, los estridentes demonios le persiguen y un profesor inglés le sugiere que un "sueño lúcido" es un recurso de milenios.

Entonces ve monstruos góticos donde miles de zombis le persiguen en cementerios sin fin.

Es de noche, el sonido del viento, le insinuó búhos como Zeppelines, los orificios de los féretros en sinceros y lúgubres respiros, le dicen voces de mínimos obispos de negro, le escupen su rostro de recto perfil; no le sirve su revólver, todo esto es un sueño.

El hombre de los secretos, se vio en el interior de un féretro, con sus pies y dedos unidos por cordeles finos e imposibles de romper, el oxígeno débil y lo temible de un oscuro destino, le hizo decirse: "¿esto es un sueño? y entonces se ¡RECORDÓ!."

Despertó en el sueño.

Se vio en ese féretro con su sospechoso destino, pero entonces se ¡recordó!, se descubrió impreso en el libro prohibido, en medio de un folio interior, en un renglón temible en un lúgubre cementerio de olvido, un sitio del Códice de Cerén.

Entonces comprendió todo, un libro con poder interno le precedió, por eso es prisionero del libro y ese texto es el inverso de los escritos benditos, si no puede destruir ese librodemonio, sus últimos minutos de héroe político, de héroe de periódico, solo hubiese sido entonces un invento funesto del poder.

En ese sueño, el hombre tiene un eterno sufrimiento, el pobre es hoy un espíritu solo, pero muy solo, fingió sufrir, pero despertó - ¡Ojo! despertó- en su sueño lúcido, se digirió donde el genio que escribió su nombre en esos funestos sitios, penetró muy lento, muy lento, y vio un escritor desprevenido y nocturno en un sitio del Periférico.

Entonces como tigre de periódico, de un enorme golpe derribó ese escritorzuelo, medio loco y medio genio; el hombre gimiendo de miedo y temor, le dijo que eso no es un sueño ¡no es un sueño! y el golpe le dolió mucho.

-    ¿Dónde tiene el texto? - dijo el hombre solo -.

-    ¡Se perdió! – respondió-.

Ese fue el último sonido que escuché del genio escritor que se fue del sueño.

Pero yo no pude huir, -les confieso- estoy en un encierro de "sueño lúcido",

- ¡Socorro!...-

Esto no sucede muy frecuentemente. –Pero esto es como un sueño inverso-.

En ese sitio del hombre oscuro, vio un librero con textos perdidos, eso es –se dijo-, el genio fisgón escondió mi nombre en un viejo libro.

Entonces me decidí por recorrer un enorme trecho de este depósito de libros lúgubres... estos textos son horrendos. Son textos prohibidos, pues muchos los creen inexistentes, déjenme que les enumere los que veo, pues estoy perdido en un sitio-región de otros reinos inéditos.

-   **El "Necronomicón"**: escrito por un loco en medio de los peores dolores de un ser poseso, que en lid versus Lucifer, pide vivir en Dios, no perder su espíritu y vivir por siempre como siervo del Señor de los Tiempos.. su lid se describió en el *Epílogo de luz en el "Necronomicón", donde vencer tu temor es vencer el universo.*

-   **Custodium Infernorum**: tiemblo con su nombre, sus poderes son terribles puesto que este texto rompe los silencios de milenos, pero tiemblen los curiosos e inocentes que penetren sin el respectivo sello secreto. Pobres de ellos. Tiene nombres y nombres, no reproducibles.

-   **EL Fielum et Perpetuorum**: el enorme enemigo del Príncipe Cordero. Sus breves símbolos en el inicio dicen: Igenus, Igneo, Sumun Pristinum que en coro secreto produce terribles monstruos, enmudezco de temor.

- **Felopium Silentes**: el seductor eterno de los seres grises, este texto no tiene un solo símbolo, puesto que su contenido son los silencios y el poder del encierro, es un enorme sitio opuesto en todo del verbo eterno. Su tiempo perece, ese es su triunfo... el olvido.
- **Ofertorium Fulgentius**: solo contiene un sonido, puesto que el mundo no debe conocerle, sino en el ciclo del Tercer Milenio, donde reine el nuevo verbo.
- **Responsibelum Gloriosum**: un código secreto que mueve el sol nocturno, que los miembros del Golden Down escondieron en un sitio del Templo Histórico en México.
- **Rectorum Internum**: el libro que los peores hebreos perdieron con el objetivo que Moisés no les condujese por el desierto.
- **Cunnifelter Pedrestium**: contiene demonios que viven por el dolor de otros, viven de los humores de los seres que sufren, ese dolor es el nutriente de infiernos perpetuos...
- **Códice de Cerén**: perdido por los jefes del orden de todo el Orbe, con sus signos simétricos neutrónicos, donde voz y sonido, reproducen registros de los reductos de Dios...

Hube de leer estos viejos libros monstruosos, hube de leerlos puesto que mi nombre impreso reproduce mi destino, por fin me descubrí, en unos segmentos borrosos, si, si estoy en ese libro...

El Códice de Cerén contiene el nexo de Dios con el reino de Tule, este libro es un enorme secreto de milenios de olvido, en el vive un mítico mundo de oriente, los Choles, con el sereno destino de Nicomongoy, por eso Miguel esconde el nexo entre el Puerto Timor Polinesio y Cerén.

El Códice de Cerén dice en su primer inciso: "el verbo es el medio de ser libre, el fuego interno..."

El hombre borró su propio video de este texto y despertó de su propio sueño lúcido...

Entonces despertó en su *despierto* sueño, respiró sonriente de ver de nuevo el conocido mundo sin sueños, el rudo mundo de su poder visible e impreso, entonces sonrió de nuevo.

Vio el lecho con su mujer en reposo, se irguió con su sobretodo de dormir, entonces entonó un silbo de monótono ritmo, pero en su escritorio pudo descubrir el libro perdido del Códice de Cerén extendido en el sitio donde se imprimió su nombre...

Lo tomó, pero como el video se repitió de nuevo, gritó: "Es un sueño", "Es un sueño", pero no pudo huir de su propio sueño.

Entonces comprendió... el genio escribió su nombre en otro texto, del que solo se lee su título: *Epílogo de luz en el "Necronomicón",* donde vencer tu temor es vencer el universo...y leemos: *Proverbios IV 18; Hechos 26 16.*